JN033451

星の子守唄

花木 暁子
Hanaki Akiko

文芸社

1

山口県都濃郡鹿野町大字鹿野（現在の山口県周南市）、その村は地図の上では徳山駅から真っすぐに北へ二十キロ余りという位置にある。

山また山のその先の、広大な自然の中にあった小さな村、そこが野中フデという女性がその人生の大半を一人で過ごした村である。

昭和五十八年、この村に中国縦貫自動車道が全通した。

この中国自動車道は大阪府吹田市から岡山県津山市・広島県三次市を経て山口県下関市に至る高速道路で、途中山口ジャンクションで山陽自動車道に乗り換えることができる。

野中フデがその昔、長男である優作を一人で育てた山奥のこの村には、このとき鹿野インターができて、今ではすっかり開けた便利な町になった。

交通が便利になるということは、こんなにも環境と人々の暮らしを変えるものなのだろうか。

今では現代風の建物が立ち並び、フデが暮らした頃は緑一色だったこの村が白い町に変わってしまったような印象がある。道行く人々も野良着の人は見当たらず、垢ぬけした服装で颯爽と闊歩している。あの頃の緑の山々と清らかな小川のせせらぎはすっかり影をひそめてしまった。

良くも悪くも、野中フデの故郷を思い出させる景色はほぼ消え去ってしまっている。ただ一つ、漢陽寺という由緒ある寺院が今もその姿を留めていることが、せめてもの慰めである。

漢陽寺は、早世した夫の杉作を埋葬して、フデが毎日その墓参りに通った寺である。

☆

野中杉作がフデを娶(めと)り、野中家の分家として独立した当初、野中家の本家があった防府から矢筈岳(やはずたけ)に向かう山あいの村に、二人は応分の農地と新居を構えて幸せな新婚生活を始めた。

杉作の嫁になったフデの実家は、さらに北へ入った山村にあって、フデはその家の男三人女三人という六人兄弟の長女だった。

明治十二年生まれのフデは小学校に入学したものの、生家は貧しい暮らしである上に次々と弟や妹が生まれて母親は忙しくなる一方だった。家族が増えると生活に追われるようになり、長子だったフデはやむなく半年ほどで学校をやめることになった。

当時の農村地帯では、家を助けるために小学校を中途でやめるということはそれほど珍しいことではなかったが、入学して半年余りしか通わなかったというのはかなり珍しい方ではあっただろう。おかげでフデは、読み書きがほとんどできないままで成長した。

そうした境遇の中でもフデは苦情を言うこともなく、弟や妹の世話をしながら畑仕事や家事に明け暮れ、そんな生活は十年以上も続いた。そのひたむきな働きぶりは近所でも評判になるほどだった。

やがてフデの人柄と働きぶりを見込んで、防府の村の野中家の三男坊の嫁に世話しようという者が現れた。

野中家は特段に裕福とはいえなかったが、代々農家で広い畑地を所有していた。

三人兄弟の長男が七年前に本家を継いで、四年前には次男を分家として独立させた。そしてこのとき末っ子の杉作を独立させて、野中家本家としては肩の荷を下ろしたいと考えていたのだった。

当のフデは十九歳であった。

フデの両親にとっては大事な働き手を失うことになるわけで、一家にとってフデのいない生活など想像もできないと、初めは頑なに断り続けた。

けれども十九歳といえば当時の嫁入りの年齢としては遅いくらいのもので、今後またフデに良い縁談があるという保証もない。相手の野中家では家まで持たせてくれるというので、悩んだ末に嫁入りさせることになった。

ずっと苦情も言わず親兄弟のために尽くしてくれたフデへの、せめてもの両親の償いの気持ちであった。

明治三十一年の秋のことである。

二人の住む家は、野中家本家から一キロ足らずの場所に用意された。

フデの夫となった杉作もなかなかの働き者で、若い二人は自分たちの農地だけではなく、本家の農地にまで手伝いに出かけてせっせと働いたから、本家の兄夫婦はフデを気に入って、何かと良くしてくれるようになった。

「ほんにフデさんは働き者よのう。仕事の段取りも良うて、惚れぼれするようじゃわ。杉は良か嫁女をもろうて幸せもんじゃが」

こうして本家や親戚に褒められるのもうれしかったが、情があって気の良い性格の杉作との暮らしは、フデにとってこの上ない幸せな日々だった。

家事をしていても農作業をしていても、「この生活が夢でありませんように」と、思わず手を合わせてしまうほど幸せだった。

その暮らしがようやく一年を過ぎようという頃、杉作は古くからの友人に懇願されて多額の借金の保証人になった。

彼は無類のお人好しであったし、頼みにきた友人とは長い付き合いがあって信頼できる男だと思ってきたので、断る理由もなく杉作は判を押した。

しかし半年の後、その友人の計画は頓挫して資金繰りがつかなくなって倒産した。当然保証人として判を押した杉作の責任はまぬがれない。本家で用意してくれた家屋敷から畑、そしてめぼしい家財道具まで全てが取り上げられることになった。

「おまえは一体、なんぼに（いくつに）なったんよ。嫁をもろうて（もらって）一家の主になったんに、そのテイタラク（ざま）なんか。分家を持たいてやったおまえに、もうこの上の援助はでけんし、してやる気いもないけんね」

本家の兄は杉作の甘さを責め立てて、血の気の引いたような青い顔で彼をなじった。

「人がええのも、ほどほどにしいや。この日までの、わしのしてきた苦労をなんやと思うちょるんよ」

確かに本家を継いだ長兄は、二人の弟たちの暮らしを守るために並々ならぬ苦労をしてきた。田畑を増やしてその管理を怠らず、蓄えてきた収入で弟たちに家まで建てて、それぞれの独立を支援してくれたのだ。

「人がええのも、困ったもんやで。わしのしてやったことを、ないものにしてしもうてからに」

長兄は憤りで胸が張り裂けそうな様子だった。

彼にしてみれば弟二人の家を近くに建て、助け合って暮らしていくことで、野中家は今後ずっと平和で安泰でいられると考えていた。その基礎が今まさに出来上がったと喜んでいた矢先の出来事だったのだから、その落胆と憤りは無理もないことではあった。

友人は土下座をして謝ったけれど、謝られても何の足しにもなりはしない。

杉作にしたところで、いくらお人好しだといっても馬鹿ではない。自分のしたことの浅はかさも兄の憤りも十分に理解できたのだった。

だから本家の兄に絶縁されても致し方のないことだと分かったし、分家である次兄の方に頼ることも、してはならないことだと思った。

ましてフデの親元を頼ってみたところで、力を貸してもらえるはずのないことも分かっていた。

「家を持たせて幸せにするから」と無理を言って嫁に迎えたいきさつがあった。

☆

その頃、フデの体には新しい命が宿っていた。

杉作は一刻も早く、これからの生活の場所を定めなければならなかった。寝る間も惜しんで家探しに奔走した。

友人を頼り、つてを求めて手持ちの金で手に入れることのできる家を探して走り回った。

そうして見つけてきたのが、同じ山口県の都濃郡鹿野町大字鹿野という寒村にある小さな古家だった。

杉作は腹の膨らみが目立ちはじめたフデの体を気遣いながら、ようやく探してきたその家の様子をフデに話して聞かせた。

「ちいと（少し）不便で寂しい所だけんど、山が近いし、家のすぐ近くには小川があって、きれいな水が流れちょるんよ。古うて小さい家やけんど、家の前には畑のできる土地もあるんさ。ほんま、のんびりとした静かぁな所なんよ」

フデは杉作が見つけてきたという住み家（か）の辺りの景色を思い描くようにしながら、うれしそうな表情で言った。

「そうなんかね。子どもを育てるんに、良いところのようじゃね。わっしは、どげんな（どのような）田舎やて、不便な所やて、ちいとも気にしやぁしませんよ。三人で暮らせりゃあ、なあんも不満なんどありゃあせんのですけえ」

実際これまでは本家や親類縁者の中で分家の嫁として懸命に働いてきたけれど、子どもができればそうもいかなくなるに違いない。申し訳ないと気を使いながら窮屈な思いをして暮らすよりは、貧しくても自由に晴れ晴れとした親子の生活ができるということが、フデにとってはむしろうれしいことのように思えていた。

そうと決まれば一刻も早く転居に取り掛からなければならない。家の明け渡しの期限は迫っていたし、新しい生活の準備にも早く取り掛かりたかった。

列車とバスを乗り継いで鹿野を目指したフデは、身重の上に、途方もなく長い移動に疲労困憊した。前途が思いやられるような、気弱な気分にも陥っていた。

それでもようやくバスの終点に降り立つと、これからの生活への期待と緊張が膨らんで、体の奥から力が溢れ出てくるような感覚を味わった。

誰も知る人とていないこの村で、夫婦二人の生活が始まる。子どもを産み育てていかなければならない。その厳しい現実が一気に押し寄せて、フデの体の中を力強い電撃のような緊張が貫いた。

バスの終点付近には十軒足らずの住宅と小さな商店が散在していて、あとは田圃（たんぼ）や畑が続いていた。

道中、二、三百メートルくらいの距離を置いて百姓家がぽつりぽつりと現れた。

たどり着いた家は六畳ほどの畳の部屋一つに、五、六坪ありそうな台所兼納屋のような土間がついていて、そこにかまどがしつらえてあった。

家とは名ばかりの雨露が凌げるだけのような古家だった。

それでも、家の南側には雑草が生い茂った土地ではあったけれど、二百坪余りの農地が広がっており、確かに美しい水が流れる小川が近くにあった。

疲れ切っていたフデにとって、その小川の優しい水音は体に力を与え、心に希望を呼び起こすものになった。

古家とはいえ、手入れさえすれば、すぐにも生活のできる環境であった。

しかも二人にとって好都合なことには、家から遠くないところに、すぐにでも来てほしいという山仕事の口があったことだった。

「ここから、ほん近いところぅに、山仕事のできる人を探しちょる仕事場があってのぉ、山主さんちゃぁ、あすにでも山に入ってくれんかと言いんさるんよ。その日からお給金はもらえるっちゅうことやから、ありがたか話だぁね」

住まいと仕事を一緒に手に入れた杉作は、明日からの生活の目途がついたので、安心したように笑ってフデを見やった。

「そい（それ）は助かることやけんど、あんたさんの体は大丈夫なんかいのう」

「大丈夫、だいじょうぶ。こん体をば見てみんさいよ」

彼の体を心配して顔を曇らせるフデに、杉作は二の腕の力こぶを見せて大見得を切ってみせた。

確かに木を切り倒したり枝を払ったりする山仕事は、畑作一筋だった杉作にとっては思いの他の重労働であり、危険を伴う仕事でもあった。それでも日に日に大きくなっていくフデの腹を見れば、がんばらないわけにはいかない。

その暮らしは彼にとって苛酷なことではあった。しかし決して不幸なことではなかった。フデも夫の気持ちに応えて、家の前に広がる雑草の原っぱを開墾して畑をつくり、野菜の種をまいた。

家の西側を流れている幅二メートル足らずの小川には、清らかな水が涸れることなく流れている。

その水はフデの想像をはるかに超える清らかで穏やかで優しい流れだった。

ここより上流には、おそらく人は住んでいないのだろう。

フデはその流れで顔を洗い、米を研ぎ、野菜を洗い、畑仕事で汚れた手足を洗った。

その川に架かっていた傷みかけている橋は、杉作が頑丈な橋に造り替えた。

誰の力を借りることもなく、二人で力を合わせて、昨日よりは今日、今日よりは明日と、自分たちの生活を築いていく毎日は、予想もしなかったほど幸せなことであり、二人の絆をますます強く深くしていくようだった。

☆

やがて生まれた男の子は、杉作によって「優作」と命名された。

明治三十三年も終わりに近いある日のことで、丸々と太った元気な赤子だった。

それからの親子三人の日々が、いっそうの幸せの中で過ぎていった。

杉作は朝早くから山に入り、木を切り倒す仕事に精を出した。

フデは蔦で編んだ籠（かご）に優作を入れてあやしながら、家の前に広がる畑地で鍬を振るった。

雑草をむしって作物の収穫に励んだ。

畑仕事の業（なりわい）は生家で培っただけに、フデにとって苦労ではなかった。

杉作は仕事柄、日が傾けば早々に帰って来るので、フデは早めに夕餉（ゆうげ）の支度を整えて夫の帰りを待った。

「お隣さん」となった農家の川村家は、野中家から橋を渡って五百メートルくらい下った、流れとは反対側の道沿いにあった。

川村家には五、六十代と思われる夫婦と、その息子夫婦が住んでいた。

嫁いできたばかりだという息子の嫁はミヨといって、フデより五歳くらいは若いと思われる可愛い女だった。

老夫婦も若い夫婦も杉作とフデを気に入って、何かと親切に面倒を見てくれるようになった。

風呂のない野中家の事情を知って、嫌な顔もせずに二人に風呂を使わせてくれた。

フデは、幼い優作には川から汲んできた水を釜で沸かして、たらいで湯を使わせた。幼子の入浴は時間が定まらないし手間もかかる。だから先方に迷惑をかけると思ったたし、行き帰りの道のりは湯上がりの幼子の体には良くないだろうとも考えたからである。

そして杉作とフデは決まった時間に交代で川村家に湯をもらいに通った。

フデは日中に少しでも暇があれば川村宅へ出向いて農作業を手伝った。もらい湯への感謝の気持ちからだった。

月日は流れ、優作は三歳の誕生日を目前にしてますます可愛い盛りになっていた。

杉作やフデを追って駆け回る元気な子どもで、そんな優作の成長は杉作にとってもどれほど楽しみなことだったろう。

まもなくそんな幸せを打ち砕く出来事が起こることなど、誰が想像しただろうか。

運命とは苛酷なものである。

それは真夏の暑さが少し緩んで、トンボが風に乗ってスイスイと飛んでいる心地よい八月半ばの午後だった。

杉作はその日、いつものように朝から山に入って仕事をしていた。

ところが、自身が切り倒した大木の下敷きになって、突然、杉作の命は奪われてしまったのである。

知らせを受けたフデはその場に立ち尽くした。

「嘘じゃ。嘘じゃろう。間違いに決まっちょる」

フデの願いも虚しく、骸（むくろ）となった杉作が荷車に乗せられて運ばれてきた。

悲運な出来事が起こったことが分かるのか、優作は珍しく火がついたような大声を上げて泣いた。

泣き続ける優作を抱いて戸外へ出ると、畑には丹精込めて育てたナスやキュウリが実りの時期を迎えて美しい輝きを湛えていた。

その力強い実りの景色は、フデの心を鞭打つように励ますように生き生きと輝いて揺れていた。その大自然の生命の輝きは、その場に崩折れそうになるフデの心を優しく包み込んでくれた。

(杉さんが見とるど。杉さんのぶんまでがんばらんにゃあ。優のために、あっしががんばらんにゃあいけんわなあ)

フデは気を取り直して涙をぬぐった。

その日からフデは寝る間も惜しんで働きはじめた。畑仕事はもちろんのこと、杉作がやっていた藁草履づくりや藁囲いなどの仕事、そして薪づくりと、力を振り絞るようにして働いた。

フデはこの辺りで一番由緒のある寺と言われていた漢陽寺に、杉作を埋葬し、四十九日の法要も終えた。

こうしてフデと優作の母子二人だけの暮らしが、この鹿野の山里で始まった。

フデは悲しみを隠して、優作と共に来る日も来る日も畑仕事に精を出した。まだ幼く手元も足元もおぼつかない優作に「危ないよ。ホレ気をつけんさい」と声を掛けながら農作業に励んだ。

村の住民はそんなフデに同情して、仕事を提供し、その報酬をくれたり、作物の差し入れをしてくれたりするようになった。

杉作の死から半年が過ぎて、フデは、漢陽寺に小さいながら杉作の墓を建立した。

彼女は気丈にもこのとき、夫と自分の二人の戒名をもらって墓に墓碑銘として並べて刻んでいる。フデの並々ならぬ決意がうかがえるものである。

それからの一年、フデと優作は連れだって杉作の墓参りをした。その姿を村人たちが目にしない日は一日もなかった。

☆

フデの努力の甲斐あって、優作はすくすくと成長した。

村人たちの誰もが認める真面目で才能豊かな少年に育っていった。

尋常小学校に上がってからも、この小さな村の学校では比べる者のいない抜群の成績をおさめるようになっていった。

教育制度は六歳から四年間の尋常小学校教育と、その後また四年間の高等小学校教育があって、大正八年にはそれらが義務化され、卒業後は自由選択のかたちで中学―専門学校、高等小学校―師範学校、高校―大学といった、様々な進路の選択肢が生まれていった。女性にも女学校や高等女学校に進むという道が開かれた。しかし当時、実際にそうした学校に進んで卒業した者はわずかであり、ましてや女性が進学する例は珍しいことではあった。

明治の終わり頃だった優作たちの時代は、恵まれている人であっても、尋常小学校か高等小学校卒という者がほとんどで、尋常小学校の中途退学者さえもまだかなりいた。好むと好まざるとにかかわらず、生活に追われた庶民は学問にばかりかまけてはいられない時代だったといえるだろう。

まして当時の鹿野は人里離れた山里である。

尋常小学校を卒業できればそれでよいし、生活のために中途退学をしなければならないなら、それもやむを得ないと考える人が大半だった。

そのような環境の中であったが、優作はひたすら学校中の本を読みあさり、得意な算術の問題を解くのに夢中になって、食事をするのも忘れるような少年だった。

ひたむきな優作を見るにつけ、フデは何としてでも彼に学びたいだけ学ばせてやりたいと思うようになっていた。思い返せば少女時代の彼女自身も、どれほど学校に通い続けたいと思ったことだったろうか。

高等小学校の担任教師の日下部も、彼の才能とその努力に日々、目を見張っていた。そして卒業の時期が近づくにつれて、何としてもこの能力を伸ばしてやりたいと思うようになっていった。

しかしその願いは彼の家庭環境を考えると非常に難しいことのように思われた。母一人子一人という家庭環境と貧しい経済事情を抱えているのだから、進学を勧めてみてもそれは不可能に近いことのように思われた。だからといって、このまま卒業させて才能を埋もれさせてしまってよいものだろうか。日下部の教育者魂が胸の奥で疼き続けていた。

可能な限りの情報収集をしている中で、彼は途方もなく条件の良い学生募集の記事に巡り合った。

現在のＪＲ、当時は国の鉄道企業であった東京の鉄道学校が、優秀な鉄道員の育成を目的に授業料免除で意欲ある学生を全国から募集していたのだ。

一八七〇年代、明治の初め頃からイギリスの鉄道企業の影響を受けて、日本各地で独自の鉄道会社が測量を開始したり貨物の営業を開始したりしていた。

大阪や京都、東京・上野などを中心に私設の鉄道会社が営業を開始し、鉄道熱が盛んになっていたが、一九〇六年、明治三十九年になって、ついに鉄道会社は国の行政官庁直轄の企業として統一されることになった。

その後一九四九年（昭和二十四年）六月には独立採算制の公共事業として、国の行政官庁の直轄企業となって国鉄と呼ばれるようになる。

さらに一九八七年四月に分割民営化となり現在のＪＲとなるまで、日本の鉄道事業は採算の問題がからんで、紆余曲折が続くことになった。

従ってこの当時は、そうした長い鉄道事業の歴史において、草分けの時代だったといえるだろう。

日下部は早速この募集についての詳しい情報収集を始めた。

普通部三年間と専門部三年間という二つの学部の学生の募集があり、普通部を卒業すれば高校卒の扱いになり、卒業後は職員として採用されることが保証されていた。

さらに成績優秀で専門部にも合格して卒業できれば、大学卒として扱われることになり、将来は管理職にもなれることが約束されていたのだ。

そんな素晴らしい条件である上に授業料が免除で、生活に必要な給料までもらえるというのだから、貧しい故に学ぶことのできない若者たちにとっては、この上ないチャンスである。

当然その志願者は、このときすでに驚異的な人数に膨れ上がっていた。

しかし日下部は、優作の合格を信じて疑わなかった。

それよりも彼の新たな悩みとなったのは、その鉄道学校が東京にあるということだった。経済問題が解決されるといっても、母一人子一人の家から子どもを一人で東京に送り出すなどということが果たしてできるだろうか。

彼の胸の内を悩ませていたものは、母親のフデをどう説得するかということだった。

（さて、母親に何と言って、このチャンスへの応募を勧めればよいものか）

日下部は苦悩していた。

たとえ学費が免除で将来の生活も有望であるといっても、母親から最愛の一人息子を取り上げることに等しいのだから、母親にしてみれば、それは無慈悲な提案であるに違いない。納得してもらうことは至難の業であろうと彼には思われたのだ。

しかし彼を、野中優作をこのままこの村に埋もれさせてしまうことはできない。優作はこの村に埋もれさせてしまうには惜しい才能の持ち主なのだ。彼の才能を生かし彼の将来を輝かしいものにするためには、この際母親には耐えてもらわなければならないだろう。すでに迷っている時間はあまり残っていなかった。

決意した日下部は、二日ほどして挑むような気持ちで野中家を訪問した。

☆

フデは日下部の突然の訪問に、少々あわてた様子で汚れたモンペの膝のほこりを払いながら、彼を畳の部屋に招き入れた。

「いよいよ、優作くんも卒業だねえ。いやいや、才能があってよく頑張る、稀に見る優秀な子だったよぅ」

彼はできる限りフデの気持ちに寄り添うように心掛けながら、学校での優作の様子を話した。

「実はね、卒業後の彼の生き方について、ちいと（少し）調べて見たことがあるんだが、お母さんとしては優作くんの卒業後の生活を、どんなふうに考えておいでんさるかねえ」

そんなふうに話を切り出してから、日下部は鉄道事業のことをあれこれと説明した。そしてその鉄道事業を背負っていくことのできる人物を育てるために、国が学生を募集していることを話した。

「優作なら、たいがい合格するし、きっとやり遂げて立派な鉄道人になると思うんよ」

日下部は、いつフデが拒否反応を起こすかと心配しながら、少しずつ話を進めていった。しかし彼の説明を聞きながらフデは少しも興奮する様子はなく、聞き終わるとあっさりと答えたのだった。

「優の気持ちを、聞いてみますで」

そのあっさりとした反応に、自分の心配は無用なことだったのだろうかと日下部は拍子抜けするような心地がした。

「優わぁ、『井戸の中の蛙』みたように、なぁんもわからん田舎の子倅(こせがれ)でごいす。学問ちゃあ、六つの歳から八年間がっこ（学校）でお世話になっただけのぉ、たった十四の子どもでごいす。そんな優がぁ、一人で東京なんどへ出ていくっちゃぁ、なみのことじゃぁなかろうもん。あん子が、そうしたいと言うかどうかがかんじんでございすけえ」

なるほどもっともな発言だった。

確かにそれが一番肝心なことだった。

日下部は母親に急所を突かれたような思いで一瞬たじろいだ。

しかし、日下部は優作がそれを望まないはずなどないことを知っていた。だからこの問題を解決するためには母親に納得してもらうことが先決だと考えて、母親の説得を目的にやって来たのだ。

肝心なことはこの母親が、一人息子の優作を手放せるかどうかということなのだ。

一人きりになる寂しさに耐えてくれるかどうかということなのだ。

それだけが彼にとって気掛かりだった。

「優作が東京へ行けば、お母さんは独りきりになってしまうわけで、それは大丈夫なんかねえ」

日下部が彼女自身の気持ちにそっと探りを入れると、フデはしっかりとした口調でそれに応えた。

「いんげ（いいえ）。わたいの寂しさなんど……そいは、わたいががまんせにゃあならんことでごいす。優わぁ、いつもいつも、わたいの仕事をぉ、もんくの一つも言わねえで助けてくれやんした。薪を背負いながらも、本をば読んじょっち。わたいは優のことを二宮尊徳さまの生まれ変わりじゃなかろうかと思うたもんでごいす。そんな優のぉやりたいことのじゃまをば、わたいはしたいとわぁ思うちょりませんのでごいす」

日下部はその母親の言葉を深い感動をもって聞いた。

正直、彼は母親の口からこのように冷静で思慮深い言葉が聞けるとは思ってもいなかった。

やっと小学一年生並の読み書きしかできないというフデだったが、息子への愛のあり方をしっかりと分かっている母親だと思い、日下部は感動していた。

そのたどたどしい言葉が、どんな流暢な言葉よりも、息子を思う心に溢れた美しい言葉であると思えて彼は胸を打たれていた。

☆

しかし実のところ、日下部から鉄道学校の話を聞かされた日、顔にこそ出さなかったけれどフデの心は混乱していた。

優作が勉強好きであることは知っていたし、噂によるとどうやら途方もなく良い成績であるらしいことも分かっていた。それはフデにとってもうれしかったし誇らしいことでもあった。

優しく賢いわが子に、もし自分がしてやれることがあるのならどんな努力もいとわない、それがフデの偽らざる気持ちだった。

けれどもその「才能を生かす」ということがどうすることなのか、その方法も、生かした結果どうなるのかもフデには分からなかったし、考えてみたこともなかったのだ。

フデのこれまでの暮らしは、ただ生きるための暮らしだった。

今日のために体を使って懸命に働き、明日のために眠る。

周囲の人と協力して明るい暮らしのために努力する。

フデにとって生きるということは体を使って土と格闘して働くことであり、この暮らし方の他に別の生き方があることなど知らなかったし、考える余裕もなかった。

息子の優作がどのような才能の持ち主であったとしても、それはうれしいことに違いないが、そのことでこの暮らしが変わることにはならないだろう。それがフデが思い込んできたこれまでの生活だった。

フデと優作の生活は、ずっと変わることなくこの村で続いていく。

自分は精一杯の力で優作を守って生きていく。

それ以外の生き方があることなど、フデには考えの及ばないことだったのだ。

しかしその日の日下部の訪問は、「この世には別の世界がある」ことをフデに教えた。

「その世界には、これまでとはまったく違う新しい生き方がある」ことをフデに示した。

この世には自分の知らない世界があり、息子の優作はどうやら、その世界に仲間入りをして生きていくことができるらしい。

日下部の提案はフデの心を大きく揺さぶった。

優作の才能は、土と格闘して生きてきたこれまでの母子の生活から、優作の暮らしを大きく変えることができるらしい。

しかも日下部は、それを可能にするための方法まで見つけてきたと言ってくれたのだ。

半信半疑のままその夜フデは、日下部の来訪とその用件となった内容を優作に話した。

「だけんど、そげんことしちゃっちゃぁ、母ちゃんが寂しかろうよ。何年も何年も、母ちゃんを一人にしてはおけんもんね」

優作は即座にそう答えた。

読書家である優作は（あの山の向こうには、今日の当たりにしている現実の暮らしとは、まったく違う暮らしがあること）を知っていた。

（俺は、このまんま、この小さな村で農業や力仕事をして生きていくのか、そんな一生でよいのか。もっともっと勉強して自分の力を試してみたい。何かがつかめるまで頑張ってみたい。ああ、しかし、それは母ちゃんを裏切ることだ。母ちゃんを一人寂しくこの村に残していくことになるのだ）

優作はこうした思いを幾度も繰り返し考え、新しい世界をそっと一人で夢見て、そして諦めてきたのだ。

いつも堂々巡りで、結論はといえば、結局、母を一人にすることなどできはしないという強い思いで終わることになった。

これまで同じことを何度も何度も考えて、それでもその思いを母親に言い出すことをやめて今日までやって来たのだ。

優作の言った言葉には嘘も隠しもなかった。

「自分はもう、この村で母ちゃんと一緒に生きていく。母ちゃんに寂しい思いなんぞ、させる気はないけんね」

その気持ちを母親にも自分にも言い聞かせるために、優作はきっぱりと言い切ったつもりだった。

しかしフデは優作の言った一言で、敏感に息子の心の全てを悟っていた。

「母ちゃんちゃ、寂しいことなんどありゃあせんさ。友達もおるし、畑仕事も楽しいもんやで。それよか、優が、やりたいこともやらんで、母ちゃんのそばにおって、がまんしちょることの方が、母ちゃんにしちゃあ、よほどつまらんことやど」

彼が山の向こうの世界へ憧れていたこと、そして優しい彼にはそれが言い出せなかったことを察したフデは、力を込めてそう話し、彼の決心を促したのだった。

そして翌日には、日下部に息子の将来を託すことを願い出たのだった。

第一の試練である入学許可試験に集まったのは、いずれも貧しいけれど向学心に燃える若者たちで、日本全国から集まったその人数は驚異的なものであった。

非常に厳しい試験ではあったが、日下部が予想した通り、優作は見事に合格を手にし、フデの息子を思う一途な思いは結実することになった。

希望がかなった夢のような門出だったとはいえ、十四歳になったばかりの優作である。彼はこれから見知らぬ土地で見知らぬ人たちと交わり、計り知れない努力と辛酸を重ねることになるのだろう。

優作はいっぱしの保護者ででもあるかのように、出発前には隣家の川村家を訪れてフデのことをくれぐれも頼むと挨拶をした。

「母に何かあったら、連絡をしてください」

そう言って学校の寄宿舎の住所を書き置いた。

優作にとって勉学のために母を残して旅立つという決断は、喜びというよりはずっしりと重い人生の決断であった。

こうして野中優作の鉄道員としての人生の門は開かれようとしていた。

2

十四歳の野中優作の上京は、彼自身の重大な決断であったと同時に、日下部にとっても大きな冒険のような出来事だった。優作をその道に導いた責任は、彼の肩にもずっしりと重く感じられるのだった。

母親のフデが言った通り、優作は鹿野の村から出たこともないたった十四歳の小倅である。

彼が旅立つに当たって、日下部が自分自身の経験を語り聞かせ、知っている限りの知識を授けたとはいえ、知識と現実には隔たりがあるだろう。

それでもあとは彼の根性と能力を信じて送り出すしかないと、日下部はひそかに胸の内で決意していた。

しかし問題は、彼自身の人生が成功するかどうかということだけではなかった。

優作が残していく母親のフデの人生はどうなるのか。日下部には彼女の寂しい心情が思いやられた。

日下部の家には優作とあまり歳の違わない子どもが二人いるが、その子どもたちが何かの事情で自分の手元から離れていくことを想像すると、彼にはとても耐えられないことのように思えたのだ。

フデの気丈な言動を頼りに進めてきた優作の旅立ちではあったが、それが現実になったときの母親の孤独と焦躁はどれほどのものだろうか。優作の行く東京は遠く、彼女にとっては見たことも聞いたこともない土地である。文字も書けないに等しいようなフデが、彼を手放してからの日々を何を頼りにして自分自身を支えていくのだろうか。

日下部の胸にひしひしとフデへの哀れな感情が募った。同時に、母としての天晴(あっぱ)れな覚悟に対する称賛の思いも溢れて、この母と子の幸せを守るために自分にできることがあるならどのようなことでもしようと、改めて決意したのだった。

まだ郵便事情も良くない頃のことで、山奥のこの村では便りを出すのももらうのも容易なことではない。幸い学校や公共機関には連絡を取り合うための通信機、電話というものがあって、子どものことで先方に電話をすることはできたし、鹿野の町なかにある学校と東京の学校となら郵便の交換も容易にできる。

日下部はせめて自分が優作と連絡を取り合って彼の情況をフデに知らせることで、フデの心を支えていこうとひそかに決意していた。

日下部の定期的な野中家への訪問は、優作の近況をフデに知らせることと同時に、フデの生活に困ったことが起こってはいないかを見舞うためでもあった。フデが元気であることを確認することで、優作を安心させることができたし、日下部自身の気持ちもホッと安らぐのだった。

☆

明治三十九年に鉄道の国有化が決まり、鉄道が行政官庁直轄の事業になって以来、鉄道事業は多忙を極めており、その仕事に従事できる優秀な人材の確保が急務になっていた。そこで国が給金を与えて生活の面倒を見ながら鉄道の様々な分野の仕事を学ばせて、将来の鉄道員を育成しようと鉄道省が企画したのが、この給費生という制度だった。

優作が入学を果たしたこの学園は、その給費生制度に則って、運転士や鉄道公安職員の養成、電気や土木の技術者の育成を目的とした鉄道事業内の教育施設として、その第一歩を歩みはじめた。

家庭が貧しいために高校や大学に進学できない優秀な学生たちを全国から集めて、高校や大学並の教育を実施し、将来の優秀な鉄道員を育て上げることを目的にした企業内学園であった。

鉄道史には、この給費生制度のことは、

「経済的に恵まれず、上級学校進学がかなわない者に、給料を得ながら勉強できる進路として、注目を集める制度となった」

とのみ記載されており、具体的な記述は割愛されているので、人員その他詳しい情況は不明である。

しかし、この東京鉄道教習所自体は後に中央鉄道教習所と呼ばれるようになり、さらに中央鉄道学園と名を変えて、鉄道の教育施設としてなくてはならない存在になっていった。当時この学園は国分寺と西国分寺の中央線南側にあったが、その敷地は後の分割民営化の際に国鉄清算事業団が国鉄の借金を返済するために売却したので、その後この跡地にはマンションが建ち、現在に至っている。

給費生制度のあった当時の学園内には寄宿舎もあり寝食が保証されている上に、給料をもらいながら教育を受けられるということで、貧しい学生たちにとっては至れり尽くせりのありがたい施設だった。

鉄道事業の発展や国の方針と施策に従って、当時の鉄道会社はそのようにしてでも人材を確保することが急務だったのだ。

優作は迷わず、一番関心があった電気技術者のコースを選択した。

優作がそうであったように、募集に応えて全国から集まった若者のおおかたは貧しい中でも向学心に燃える若者たちばかりだった。

従って当然のことながら、みんな一生懸命に厳しい学習や作業に打ち込み、実績を上げるために懸命な努力をする者ばかりだった。

教習所には盆や正月には休みがあったけれど、馬鹿にならない交通費を倹約するためと時間を惜しんで学びたいという思いの両方で、故郷が遠い学生たちのほとんどが帰郷をしなかった。

優作も例外ではなく、その後の彼が学生の間に鹿野へ帰郷したことは一度もなかった。故郷の母親に会いたくないはずはなかったが、それ以上に母親と日下部との深い恩に報いるためには、懸命の努力をしなければならないという強い使命感があったし、学ぶことの喜びがそれほど大きかったとも言えるだろう。

幸い日下部からは折々に、母が元気にしているという知らせが届けられてもいた。

志の高い学生同士が寝食を共にし、同じ目的を持って学ぶ日々と、そんな仲間との交友の喜びは、優作一人のものではなかった。学生の誰もが希望と喜びに満ちていた。貧しさ故に進路を断たれていた彼らだったからこそ、この制度への感謝の思いは強く、彼らの誰もが会社への恩義を感じ、忠誠心に溢れていた。

決められた時刻に起床し、決められた時刻に床につく。起きている時間はみっちりと講義と実習の作業が課せられる。

給料が出ているのだから職員と同じで、その厳しさは当然といえば当然のことだったのだが、それ以上に誰もが学べる喜びに満ち溢れていた。

時の流れというものは走りはじめてみると意外に速いもので、一年が過ぎ二年が過ぎ、あっという間に三年が過ぎて、優作が普通部の卒業を迎える時期がやって来た。

給費生として三年間の特訓を受けて普通部を卒業した者は、即戦力として期待されながら各地に散っていった。

優作はしかし当時超難関と言われていた専門部にも合格して、さらに三年間の修学を許可されていた。合格者は普通部卒業生の一割にも満たない人数だった。

その専門課程を立派にやり遂げれば、晴れて大学卒業の資格を得ることになる。

そして幹部候補生として将来を期待されながら、鉄道会社職員としての人生の門出を果たすことになるのだ。

優作が普通部を卒業して専門部への入学を果たしたのと同じ頃、日下部には徳山市（現在は周南市）内の学校への異動の辞令が下りて、彼は鹿野を去らなければならないことになっていた。

☆

去るにあたって処理しておかなければならないことや引き継ぎすべきことを書き出して、落ち度のないようにと彼は忙しい日々を過ごしていた。

その一つとして日下部の心に浮かんだのが、優作の問題だった。

優作の問題というよりは、優作の母フデの問題と言うべきかもしれない。

優作の勉学のためとはいえ、母と子を引き離して子どもを東京へ行かせたことが、いかにも無慈悲なことであったように思えて、その母親への後ろめたさが、あの日以来彼にはずっと尾を引いていた。

その償いとして彼はこの三年間、たびたび野中フデの家を訪問してきた。

折々にフデを見舞ってはきたけれど、自分が徳山へ行ってしまえばそう簡単にフデの家を訪れることはできなくなるだろう。

（今日は少し時間をかけて、お母さんと話をしよう）

そう考えながら彼はフデの家の小川に架かった短い橋を渡った。

まずは自分が徳山へ異動してしまう報告をしなければならない。

その後で、フデが何よりも期待しているに違いない優作からの良い知らせを伝えることにしよう。

その日、日下部は優作が無事普通部を卒業して難関の専門部にも合格したという、誠に喜ばしい知らせを持ってきていた。

フデにはそのことがどれほどすごいことなのか、どれほど喜ばしいことなのか、本当のところは分からないのかもしれない。その上、この報告は取りも直さず、優作が鉄道学校で学ぶ年月がさらに延長するということであり、母と子の別れ別れの生活が、また三年先まで伸びることを意味していた。

それでも日下部は、フデが今も変わらず優作の成長と成功を願い続けていることを知っていたから、きっと喜んでくれるに違いないと信じてもいた。

その日下部の想像通り、フデは何の屈託もなく優作のために喜び、ひたすら日下部に感謝して幾度も幾度も頭を下げ続けた。

思い返せば、日下部が教職に就いてからすでに二十年余りの年月が経過していた。地方の小規模校三校を経験してきて、それなりに教育者としての自信もついてきていた。子どもたちと関わるということは単に学習指導だけではなく、家庭の情況や考え方、そして本人の資質や希望など、子どもを取り巻く様々な問題に目を向けて指導していかなければならないことも分かってきた。

うれしいことに、教師の努力はほとんど裏切られることはない。子どもの努力、家庭の協力、そして仲間同士の助け合いなど、教師の努力は必ず実を結ぶものだと日下部は信じられるようになっていた。

それは教師になったことへの、喜びと満足感を彼にもたらしていた。

☆

転勤先の徳山市内の学校は、これまでに経験したことのない大きな規模の学校だった。

前任地の学校では彼より年上の教員が多かったが、徳山の学校には彼より若い教員が半数以上もいた。日下部自身が年を取ったからでもあろうが、町なかの学校は規模が大きいために教員数も多く、若い新任の教員が配置される割合が高いからなのだろう。四十歳半ばを過ぎた日下部はいろいろな場面で、経験豊富な教員の側に数えられるようになっていた。

そのため、転勤先での勤務は日下部にとって珍しく、緊張の続く毎日になった。三年目には、クラス担任以外に学年主任まで拝命した。やっと慣れてきた職場であるのに主任という立場にまで立たされて、教員間の人間関係にも神経を使う日々となった。

鹿野の学校とはクラスの子どもの人数からして違っていたし、鹿野では一学年一クラスだったものがここでは一学年が四クラスもあり、学年主任としてはクラス間の合意や均衡を図る必要も出てくる。のんびりと子ども一人一人のことだけを考えて指導していればよかった鹿野の時代が懐かしく思い出されてくる。

野中優作から手紙が届いたのはそんなときだった。

「このたび、無事、専門部を卒業して、鉄道会社への入社を果たしました」

その文面を見て彼は一瞬茫然とした。

「卒業？」

（だって、優作はついこの間、専門部へ入学したばかりじゃないか）

彼は最初、そう思った。

しかしよく考えてみれば優作が専門部に入ったのは、日下部が徳山へ転勤になった年と同じ年の春だった。だとすれば、どちらもちょうど三年前ということになる。優作が専門部を卒業したという報告は、少しも驚くことではなかったのだ。

優作の手紙はさらに続いていた。

「厳しい年月でした。でも終わってみれば充実した時間で、今は自信を持って社会人になれるという気がしています。これまで学ばせていただいた全ての人の恩に報いるべく、一生懸命に働く所存です」

（ああ、もう三年が経ったのか）

日下部は転勤してからの自分自身の生活がどれほど厳しく、悩み多い毎日であったかを改めて考えさせられた。そこには時間を忘れてしまうほどの緊張と多忙な日々があった。

自分にとってもつらい三年だったけれど、優作にとっても厳しい努力を重ねた三年であったに違いない。

（ウン、おまえもよく頑張ったナ。偉かったぞぉ。やったなぁ。おめでとうなぁ）

思わず拳を握って振りながら彼は心の内で叫んでいた。

そして、久しぶりに鹿野へ行こう、フデに会って優作のこの快挙の報告をしよう。そう思っていた。

教育者にとって教え子の成功や幸せの報告くらいうれしいものはない。日々の努力が報われたと思える瞬間だ。

彼自身が転勤して四年目を迎え、新しい学校の生活にもようやく慣れて精神的にゆとりが生まれてきたところで、優作のその報告は何よりもうれしく、日下部の気持ちを明るくするものだった。

子どもだった優作が一人前の社会人になって東京で働くという。自分も負けてはいられない。日下部の胸に熱い思いが込み上げてきた。

十四歳の春に優作を東京へ送り出したとき、母親のフデはまだ三十五歳という若さだった。

その彼女ももう四十歳の峠を越してしまったはずである。ますます思慮深い頼もしい大人の女性になっただろうと思った。

（なにしろ彼女は、私に、母親の愛情の何たるかを教えてくれた人だからなぁ）

そう思いながら、ひたすら黙々と働いているしっかり者のフデの姿を彼は思い起こしていた。

フデの家が見える小川の橋の上に立ったとき、日下部は自分でも思いがけないほどの懐かしさを覚えた。

心ならずもずいぶん長い間、優作の母の住む鹿野に無沙汰をしてしまっていたことに気づいていた。

☆

その日からさらに一年が過ぎて次の新学期が始まった日、日下部の学校に一人の新任教師が着任した。

男性教師の採用が多い中で珍しく、師範学校を卒業したばかりだという女性教師だった。

津島香代というその女性は、きりりとした袴姿をしていて育ちの良さを感じさせる風貌をしていた。

「ああ、津島さんとこのお嬢さんね」

津島家と言うとこの辺りではかなり名の知れた家柄であるらしく、古くから徳山市内に住んでいる教職員たちは口々にそう言って、何の不思議もないような様子で彼女を迎え入れた。

津島家は小作人を多数抱えた農家で、香代の父親は菩提寺の檀家総代をしているという。現在は香代を頭に弟三人と末っ子に妹が一人という五人兄弟だが、実は香代には帝大に通っていた兄がいて、その兄は毛利様の子孫のご学友として毛利家にお出入り自由の身であったという。

ところがその兄が急な病で亡くなり、香代は現在津島家の長子ということになっているらしい。

日下部の耳に少しずつ入ってきた津島香代に関する情報は、そんなものだった。

日下部にとっては、聞けば聞くほど自分とは無縁の話だという印象だったし、そのような人物がなぜ子ども相手の多忙で厳しい教育の世界に入ってきたのだろう、などと不思議な気持ちを抱いたりしていた。

しかししばらくするうち、彼女はお嬢様というよりは両親の厳しい躾を受けた才女で、あらゆることに前向きに取り組む責任感の強い女性だと思うようになった。

文学には特別の関心を持っていて、有名な文学者との交流もあるらしい。時には自分でも作品をまとめて投稿したりしているようだったし、子どもたちにも暇を見つけては本を読み聞かせて感想を話し合わせるなど、文学指導にも熱心のようだった。

そんな彼女を見ていて、ある日ふと、日下部の胸に野中優作の面影がよぎった。

読書をする優作の熱中している姿が、そのときの彼女の姿と重なって見えたのだ。

指折り数えて見ると優作は二十四歳という年齢になっているはずであり、香代はそのとき二十二歳であった。共に結婚適齢期といえるではないか。

彼も彼女も学問好きで努力家でもある。優作は誰よりも真面目で堅物であるし、彼女はなかなか面倒見の良い賢い女性である。

考えてみれば親元を離れて一人東京で働く優作にとって、世話をしてくれる人でもいない限り結婚の実現は難しいことだろう。

そう思うと、元来行動派である日下部はいても立ってもいられなくなった。

「なあに家柄の優劣など問題になるものか。大切なのは人物だ」

自分が良いと信じられることには、当たって砕けろとばかりに走りはじめるのが彼の習性だった。

数日後、彼は意を決して津島家を訪問した。

津島家はなるほど、日下部の想像をはるかに越えたお屋敷だった。門構えも建物も敷地内の木立も、よく手入れが行き届いて整然としている。

日下部は怯みそうになる心に鞭打って、津島家の重い玄関の扉を引いた。

娘の職場の先輩だというので日下部は丁重に迎え入れられた。

席に着くと彼はやおら自分と優作との関わりについて話しはじめた。

優作の人柄や才能、そして鉄道会社という将来性のある職場で、末は管理職にもなる人物だと彼のことを褒め上げた。

母親のフデについても、教育こそ受けていないけれど人間としていかに立派で辛抱強い女性であるかを心を込めて伝えた。

「津島先生のお人柄を知るにつけ、彼にとってこれほどの良縁はないと思いましてね。もちろん、彼がお嬢様の幸せを守れる男であることは私が保証いたします」

日下部は誠意を尽くして、伝えられる限りのことを熱心に話した。

果たして津島家にはひと騒ぎが起こった。

家柄からすれば両家は到底縁を結べるような間柄ではない。

案の定、二、三日して香代の母親登美から、丁重なお断りの連絡があった。

日下部にはやるだけのことはやったという気持ちがあったし、縁がないというなら致し方もあるまいと思って、潔く諦めることにした。

しかし、当初あり得ない話だと一蹴されたものが考え直されることになったのは、津島家内の事情や当時の女性の結婚適齢期の問題、そして香代自身の希望などが絡み合ってのことだった。

津島家にはそのとき香代を頭に五人の兄弟がいたわけだが、男三人と女二人という子どもたちの中で、差し当たり親が一番に片付けなくてはならないと思っているのが、外ならぬ長女、香代の結婚問題であった。

香代はその時代のおおかたの女性に比べ、学校に通っていた年月が長かったわけだから、嫁入りする身としてはすでに十分な年齢になっていたといえる。

すでに高等女学校や師範学校時代の香代の友人たちからも、嫁入りしたという情報が次々に入ってきていた。

そのような中で、結婚相手は津島家とつり合う家柄でかつ香代にふさわしい人物などと言っていたら、徳山近辺だけではなかなかそのような人物は見つかり難いことでもあった。友人の中にも東京の人と見合いをして縁組みした人もすでに何人かいて、香代自身にも東京の人と縁を結ぶということへの憧れがなくもなかったのだ。

そしてその縁を持って来てくれた日下部は、香代にとって非常に尊敬できる先輩でもあった。その彼が推奨する人物なのであれば間違いないのではないか、そんな結論が親子で導き出されて、話は急展開した。

そうと決まれば早い方がよいということになり、日下部が優作の母フデの了解をとるために鹿野へ赴き、さらに優作の意向も確かめて、次の年の春を待って挙式の運びとなった。

段取りの全ては津島家で整えられた。

フデが鹿野から招待され、優作が東京から駆けつけるかたちで、結婚式は徳山で執り行われた。

招待客のおおかたは津島家にゆかりのある人と香代の友人たちで埋め尽くされた。

香代の両親はフデを丁重に扱ったけれど、当のフデには一人息子の結婚というめでたい席でありながら、客として招待できるような人物が身内にいるわけではなく、フデの立つ瀬はどこにもないように見えた。

それでも小さな体を椅子に沈めて神妙な様子で式の経過を見守っていた。

（この人の幸せを、私はまた傷つけてしまったのだろうか）

体を二つに折って座っている孤独なフデの姿を見つめながら、日下部の胸にふと後悔と哀しみがよぎった。良かれと思ってやることが、どれもこれもこの人に我慢を強いることになってしまうようで辛かった。

（お母さん、あなたは立派な息子を産みました。そしてそれ以上に頼もしい息子に育て上げました。優作くんのこれからの活躍を共に見守り、楽しみにしていきましょう）

日下部は声にならない言葉で、しかし万感の思いを込めて彼女の姿に語りかけていた。

小柄で控えめなフデの背は、その日もただひたすらに息子の幸せを願っているようにじっと動かなかった。

翌日に優作は香代を伴って東京に戻り、あわただしく二人の新生活は始まった。

大正十五年十二月二十五日には年号が昭和に改められた。従って、昭和元年は六日間で終わり、二人の結婚は昭和二年の春だったということになる。

優作が一人、勉強のために鹿野を出て東京へ行ってから、十年余りの年月が経過していた。

日下部の目に、すっかり逞しくなった優作と美しい香代の姿がまぶしかった。

3

優作が六年間の専門教育を受け、晴れて鉄道会社の職員になったのは大正十年春のことで、香代との結婚はそれから五年後の頃だったことになる。

彼が就職当初の鉄道事業は、その発展に向けて多忙を極めていた。

国家公務員としての優作は本社の電気技師として、電気系統の新設や安全設計・改良などを手がけるのが仕事で、直接電車の走行に関わる駅員とか運転士のような仕事ではなかった。従って鉄道員というイメージではなく、会社員のように事務所に通い、日々図面と向き合う毎日を過ごしていた。

まだ発展途上にあった鉄道事業だったので、全国的な鉄道計画から始まって、線路の延長計画があり、新しく線路を延ばせば信号機をつける必要が生まれた。その他細々とした電気系統の仕事も山積みになる。電気機具の性能や、通信系統の能率性そして安全性に関しては、常に現場や上層部からの要望や指示があり、新しい技術や改良が求められた。従って優作たち電気技師は、全国各地からその技術を求められて繁忙を極めていた。

そんな折も折だった。

本人にとっては降って湧いたような縁に恵まれて、優作は家庭を持つことになった。家柄も良く健康で教養もある女性が自分の妻になることなど、それまで彼は考えてみたこともなかった。

恩師日下部の助力がなかったら、身を固めるチャンスさえ巡ってはこなかったかもしれない。いまさらながら、恩師への感謝の気持ちで手を合わせたいような思いであった。

優作と香代の間には、昭和三年に長女紀子が生まれ、七年に二女恵子が生まれた。さらに十年には三女淑子、十三年には四女知子と、ほとんど三年置きに四人の女の子が生まれた。

四女の知子が生まれたとき、一家は東京市芝区（現在の東京都港区）芝公園四号地にある鉄道官舎に住んでいた。

ずっと後の話になるが、この場所には集約電波塔である三三三メートルの東京タワーが建設された。そのタワーの完成は昭和三十三年であり、奇しくも知子が二十歳の誕生日を迎えた十二月のことだった。

それまで一家は、下関、広島、大阪など転居を繰り返していて、しばらくぶりに東京本社へ戻って来たところだった。かつて自分が生まれた場所に、まるで二十歳の誕生日と東京への帰還を祝いでもするかのように日本一のタワーが建ったのだから、知子にとってこの東京タワーは、深い因縁を感じさせるものになった。

知子がこの地で生まれた頃の野中家は、優作と香代が結婚して東京で暮らすようになってから十年余りの年月が経過しており、家族はすっかり東京の生活になじんでいた。

仕事の関係で短期間での異動を繰り返してはいたが、都内をあちこち転々とする異動だったから、優作も香代もかつては山口県の鹿野や徳山の人間だったという印象は薄れ、都会人らしい雰囲気を身につけていた。

優作の方は地方であっても東京であっても暮らす場所など関係ないという考えで、毎日ひたすら仕事に精を出していた。しかし香代の方は、都会人らしい服装や言葉遣いを身につけることにこだわっていて、娘たちにおしゃれなお揃いの洋服を縫って着せたり、東京人らしい言葉使いをするように注意しながら、娘四人との都会暮らしを楽しんでいた。

鉄道事業は東京を中心にして日本中を結ぶことに本腰を入れはじめていたので、電気技師を必要とする場所は東京周辺だけにとどまらず地方にも広がっていき、その仕事量も大変なものになっていった。

結婚当初の優作の勤務は、東京の中を一、二年置きに異動する生活で、そのため長女の紀子は小学校六年間に五回も転校をすることになった。その後三女の淑子が生まれた頃からは、異動先が遠くになり、東京の金町、群馬の高崎、神奈川の藤沢などと、関東各地の事業所を広く転勤して回るようになっていた。

その頃の優作の転勤は二年から三年という期間で発令されるようになり、そのたびに家族は荷物をまとめ、転校の手続きをして引っ越しをするという、誠に落ち着かない生活になっていた。

仕事のある優作や幼い子どもたちにできることは限られていたから、荷づくりから様々な手続きまで、その仕事の大半が香代の肩にかかることになった。香代は貴重品や食器などの割れ物類を、転居のたびに新聞紙で包んだり解いたりして、甲斐甲斐しく働いた。

カメラが大好きだった優作が残して来た膨大な数の写真からは、その頃の家族の仲睦まじさが伝わってくる。

それぞれの誕生日、進学記念、家族旅行などの写真はもとより、日常の小さな出来事まで事細かに記録されている。円満な家族の幸せな生活の一端が垣間見られるような写真の数々である。

☆

中でも娘たちがまだ幼かった頃の散髪の記録は、誠に傑作だ。

娘たち四人の散髪は、それぞれ小学校を卒業するまで父優作が担当していた。

優作は水を含ませた櫛で丁寧に髪を梳いて、娘たちのおかっぱ頭に鋏を入れた。だから切ったばかりのおかっぱ頭は真っすぐに整って美しかったのだろう。しかし、だんだんと乾いてくると、当然髪は乾燥して短くなり、上の方へと上がってしまう。

皆の髪を刈り終えて「さあ、整列」パチリとやるときには、すでに乾ききった子どもたちの毛髪は短くなって、おでこ丸出しの「おでこちゃんたち」になってしまっていた。

娘たちはそのたびに抗議をしたが、優作は「そうか、そうか」と言うばかりで、四女の知子が小学校を卒業するまでそのやり方を改めようとはしなかった。だから三女の淑子が小学校を卒業して散髪の記念写真が知子一人になってからも、知子は立派な「おでこちゃん」のままだった。

野中家の四人姉妹について、付き合いのあった人々にその印象を尋ねれば、おそらく「実に仲の良い姉妹でしたよ」と言うに違いない。

確かに姉妹たちが喧嘩らしい喧嘩をしたことは一度もなかったし、どんなことでも協力して一緒にやってきた。不平や不満を言い募る者はいなかった。

四姉妹の誰も、仲の良い姉妹であったということに異論を唱える者はいないだろう。

しかし考えてみれば、十年近くも歳の差があった長女の紀子と四女の知子が同じことに感動したり関心を持ったりしたはずはないし、相手の気持ちが十分に分かり合えたはずもないだろう。

性格や才能も四人四様だった。

二女の恵子であっても、四女の知子とは六歳の年の差があったのだから、一緒に小学校に通った思い出さえもない。

その上長女の紀子は知子が小学校を卒業した年に結婚して家を出ていったし、二女の恵子も知子が中学校を卒業した年には結婚して独立していった。

従って知子が姉妹として様々な体験を一緒にしたのは、三歳年上の三女の淑子だけだったと言っても過言ではないだろう。

そういった意味で、知子は大人になってから、上の二人の姉たちが知子のことをほとんど理解していないし、知子自身も姉たちのことをあまり知らないという寂しさを感じることが多かった。四人姉妹と一口に言っても、それぞれの立場によって、一概に同じ体験をし同じ感情を抱いているとは言えないことも多いような気がする。

さらに、この頃の写真にはまだ登場していない優太郎という長男が、知子の六年後に誕生して、野中家の七人家族の生活は展開していくことになる。

☆

野中家が、山口県下関市の綾羅木（あやらぎ）という町の鉄道官舎に転居したのは昭和十八年のことだった。

優作はこのとき、鉄道会社の技術畑の高等官に昇格して、下関管区の区長を拝命していた。その証しとして彼の帽子には、技術畑の高等官を示す黒い幅広のじゃばらのリボンが巻かれていた。俗に言う管理職としての第一歩を迎えていたことになる。

この官舎に入居したのはその年も末のことで、十二月生まれの知子が五歳の誕生日を迎えようとしている頃だった。

綾羅木の海岸は、遠浅の海に美しい白い砂浜が広がり、その先に松林が続いていた。

その広い松林の奥に、下関管区の職員たちの官舎が七、八十軒並んでいた。

この松林はテニスコートを二十面以上も並べたほどの広さがあって、子どもたちの格好の遊び場になっていた。鬼ごっこやかくれんぼはもとより、雨が降ると中ほどに広い池ができてそこに様々な虫が出現するので、子どもたちは珍しい虫の捕獲に熱中した。

その池の上空には、秋になるとヤンマが飛び交いはじめた。お尻が薄緑色のメスヤンマを捕まえて糸で縛って円を描くように回すと、オスのヤンマが面白いように捕まった。オスヤンマのお尻は青空と同じような美しい水色をしていた。

お転婆娘だった知子は、来る日も来る日も官舎にいる就学前の子どもたちを集めて松林の中を駆け回って遊んでいた。

夏には海や砂浜で水を掛け合って遊んだ。

子どもたちにとっては何の心配も不安もない日々だったのだが、現実の世界ではあちこちで衝突や小競り合いが起こり、世界中が不安な時代を迎えようとしていた。日本も日中戦争が長期化する中で、昭和十五年には日独伊の三国同盟を締結するなど第二次世界大戦へと向かって不穏な状況が進んでいた。

官舎はほとんどが二軒続きの長屋だったが、区長と助役の家だけは高い塀に囲まれた大きな戸建ての家だった。区長の官舎である野中家には、女中部屋までついていた。世の中が戦争に揺れる不安定な時代でなかったら、野中家の暮らしはかなり優雅なものになっていたのかもしれない。

優作はこの頃、この家にフデを迎えて暮らせないだろうかという思いに取りつかれていた。

部屋数もあったし、小さくはあったけれど野菜をつくる庭もあった。

しかし、ずっとくすぶり続けている戦争への不安が日に日に強くなっていく中で、穏やかな鹿野からフデを連れ出すことはためらわれることでもあった。

庭には防空壕までつくられて、それが不穏な時代であることを象徴しているようにも思えて、二の足を踏むことになっていた。

そんな暮らしの中で香代は、ときどき愚痴をこぼしていた。

「世が世ならこんな暮らしではなかったはずなのに。平和な世の中だったら、女中さんがいて家事も育児も手伝ってもらえる生活ができたはずなのに……」

そんなことを言って悔しそうにしていた。

日下部が言った通り、優作は真面目で優しく健康で努力家だった。

しかし、あの日、日下部はこうも言った。

「難関の専門部を卒業した男です。末は間違いなく鉄道会社の管理職になるはずです。管理職になれば塀のある一軒家の官舎に住み、女中さんまで置いて暮らすことができるでしょう」と。

だから、もし今、日本が平和であったなら、女中にかしずかれて優雅な暮らしができていたのかもしれない。

そう思うと香代は時代に裏切られたようで悔しいのだった。

高等官になった優作には、日本中の鉄道で二等車に乗れる家族パスが提供されていた。

彼は休日にはそのパスを利用して、ときどき家族を旅行に連れて行った。

二等車に乗っている客たちはみんな上等な服を着て堂々としていた。乗務員に遠慮のない口調で何かを要求したり世話をさせたりしている。

そんな中で優作は、いつも申し訳なさそうに腰を低くして、駅員や乗務員に丁寧な挨拶をしていた。

「すみませんね。私の家族なのです。お世話になりますがよろしくお願いします」

鉄道会社が発行したパスを見せているわけだから乗務員に何の文句があるはずもないのに、優作はしきりに「すみません」を連発していた。

心なしか乗務員の対応も、威張っている人たちへの対応と、優作の家族への対応とには違いがあるように思えて香代は不満だった。

威張っている客たちは職員ではなく大枚を支払って二等車に乗っているわけで、優作たちはお金を支払うことなく家族を乗せてもらっているのだから立場に違いがあることは分かっている。

それでも夫は努力してその地位を獲得したのだから「威張っていたっていいじゃないの」というのが香代の理屈だった。

威張るとか見下すとかいう考え方以前に、香代が育った家庭環境からは、他人に従属する姿勢に慣れていなかったからなのかもしれない。彼女にとっては優作のそんな姿は、彼の誇りが傷つけられているように思えて歯がゆいのだった。

逆に優作は「今の自分があるのは、自分を教育してくれた会社のおかげだ」という恩義の気持ちが胸にあるので、支払いもせずに家族を二等車に乗せてもらうこと自体が、ありがた過ぎて申し訳なくてならないようだった。

しかし、そんな優作の感情を香代に理解せよと言っても残念ながら無理なことだったのかもしれない。

小作人たちにかしずかれて育った香代には、駅員たちに頭を下げている夫の姿は謙虚な人というよりは卑屈な人の姿に見えた。

それでも、明治生まれの香代は実家の母登美の教えを守って、家庭の中では夫を立てることを忘れなかった。

優作に対しては敬語を使って話をしたし、食卓の席順や配膳の順、入浴の順まで、家長の優作を一番先にすることを忘れなかった。夕飯の時刻に優作が遅れるときには、一番に夫の茶碗に一口ほどのご飯をよそっておいた。当時は一家の主の茶碗に一番先にご飯をよそうことがおおかたの家の習慣だった。

優作が出勤するときには家族全員が玄関で見送ることになっていたし、彼の帰宅時にはみんなで玄関に座って「お帰りなさい」と頭を下げることも習慣になっていた。

それが、香代が子どもたちに課した家族の決まりだった。

優作も、娘たち一人一人の頭をなでながら声を掛けた。

「ただ今。今帰ったよ。今日も良い子にしていたかな」

それはまぎれもなく幸せな家族の風景だった。

香代は娘たちに、優作と自分のことを「とお（父）ちゃま」「かあ（母）ちゃま」と呼ばせていた。

☆

下関の綾羅木で暮らすようになった次の年の夏、野中家に男の子が生まれた。

知子の誕生から六年が経って、思いがけない長男の誕生だった。

出産までの香代の悪阻（つわり）はひどかった。

その辛さを紛らわすために、香代は産地の萩から酸っぱい夏ミカンを取り寄せて、幾籠も幾籠も食べまくっていた。

その籠は子ども一人がしゃがんですっぽり入るくらいの大きさで、ひと籠に夏ミカンが五十個近く入っていたのではなかろうか。

「そんなに酸っぱいものをたくさん食べていては、骨のない子が生まれますよ」

心配した徳山の母登美に諭されて、やっとそれは治まったものの、その頃の香代はかなりのヒステリーになっていた。

香代が悪阻で苦しんでいた頃、彼女の一番下の弟だった暁生という名の叔父が、折々に野中家を訪問するようになっていた。

生家の母からの注意を伝えるためであり、香代の体に栄養をつけるための食料の差し入れのためでもあった。

その頃の暁生は陸軍士官学校の学生で、彼は幼年学校の頃から毎年首席を通していて、天皇陛下から恩賜の金時計をいくつもいただいているような秀才だった。知子たちは凛々しくて優しいこの叔父が大好きで、その叔父の来訪をいつも待ち焦がれていた。

兄という頼りになる人が野中家にはいなかったので、姉妹にとって暁生の姿は頼もしくも、うれしくも思える存在だったのだ。殊に暁生は香代の一番下の弟だったので、香代とは年が十五歳も離れていて、香代が結婚してすぐに生まれた長女の紀子や二女の恵子にとっては、暁生は兄だといってもおかしくないような年の差だった。

そうこうしてようやく無事に生まれたのが念願の男の子だったのだから、優作と香代の喜びは大変なものだった。

庶民の間でも男の子を生まなければ嫁として認められないというような風潮がまだある時代だったから、香代にしても「やっとこれで責任を果たせた」という安堵の思いがあったに違いない。

実はこのとき、野中家に来て出産を見守っていた人物がいた。香代の母、登美の姉で、知子たちにとっては大伯母にあたる橘結衣だった。

この大伯母の夫は広島銀行の頭取で、後に広島電鉄の重役にもなった人だったが、彼女は一人息子を兵隊にとられたうえに夫にも先立たれて、日々寂しさが募っていたところだった。

息子にはまだ子どもがいなかったので嫁と二人きりの生活になり、その嫁も実家との間を行ったり来たりして暮らしているような状態だったようだ。

そこで、女の子が四人もいる野中家にまた女の子が生まれたら、その子をもらって帰ろうと考えて陣取っていたのだ。

残念なことに、生まれた子どもがもらえるはずのない男の子だったと分かると、彼女は代わりに末っ子の知子をもらって帰ると言いはじめた。

「知子はまだ就学前だし、大切に育ててきっと立派な女性にしますから」

彼女はそう言って熱心に頼み続けた。

香代にとってはこの伯母、結衣は母親の姉という近い親戚であり、子どもの頃から親しくしていた間柄だった。しかも橘家といえば名門でもある。

（知子にとって、大きな幸せをつかむチャンスなのかもしれない）

香代はそう思ったようだった。

しかし優作が首を縦に振らなかった。

母親と離れて暮らすことの辛さと寂しさを彼は一番よく分かっていた。自分自身で納得して決めたことであってさえ、辛いことだったのに、自身でそれを望んだわけでもなく、ましてや、まだ知子は幼かった。

そんなわけで、伯母は致し方なく帰っていった。

「男児、誕生」という優作からの連絡を受けた登美は、半ば強引に鹿野のフデを連れ出して、一緒に野中家にやってきた。四人続いた女の子の後にやっと生まれた男の子だったのだから、登美の喜びと感動は絶大なものであったらしい。

彼女にしてみれば、娘の快挙を姑であるフデにも喜んでもらいたい一心だったのかもしれない。

登美はそれまでにも折々に娘一家を訪問していたが、鹿野のフデがやってきたのは初めてのことだった。

思えばフデにとって、息子一家と歓談した思い出は、このときが最初で最後のことだったのかもしれない。

平素は感情をあらわにすることの少ない優作が、この夜ばかりは人が変わったようにはしゃぎまくっていた。長男の誕生もフデの来訪も、彼にとっては夢のようにうれしい出来事だったのだろう。

皆を感動に包んだ野中家の長男である赤子は優太郎と命名された。

☆

一九三九年、昭和十四年頃から、ドイツを中心にしてフランス・イタリア・イギリス・ポーランドなどの国々の小競り合いが始まり、日本と中国との争いもあって、戦争状態は長引いていたが、一九四一年、日本の真珠湾攻撃をもって世界は太平洋戦争に突入していくことになった。

第二次世界大戦に突入したことによって、戦場だけではなく一般の国民の生活への影響も色濃くなりはじめた。

長女の紀子は学業の傍ら軍需工場で作業をしたり、軍の監視隊本部で情報収集の仕事をしたりするようになっていた。いざとなれば女子挺身隊に入ってお国のために命を投げ出すことさえ覚悟しているという、立派な軍国少女に成長していた。紀子に限らず同じ年代の若者たちにとっては、毎日生きるか死ぬかの厳しさを実感するような世の中になっていた。

優作は相変わらず鉄道の電気関係の技術開発や信号機の安全管理を担当していたので、

雨が降ったり強い風が吹いたり雷が鳴りはじめたりすると、それが休みの日であっても真夜中であっても、何をおいても出勤して安全確認に余念がなかった。

研究熱心だった彼が開発した鉄道技術の特許は相当数にのぼっている。

「フェールセーフ」に関連する技術の特許を取ったときには、優作が珍しく興奮して、その仕組みを家族に話していたのを知子は覚えている。

「これは列車同士の衝突を防ぐ安全装置なんだ。この装置が装備されれば、列車事故はずいぶん少なくなるはずだよ」

そう言って彼は頬を紅潮させていた。

しかし戦争の影響は日に日に濃くなって、燈火管制・防災訓練・金属の供出、そして食糧不足と、生活は日々戦争一色になっていった。

かつては子どもたちの遊び場だった官舎の周りの松林には、兵隊さんたちが送り込まれて松脂の採集が始められた。松脂は驚いたことに、飛行機の燃料にするのだという話だった。松の木に傷をつけて一日かけて絞り出した脂をかき集め、あの飛行機を飛ばすのだということが、子ども心に不思議であり不安でもあった。

官舎の人々は乏しい暮らしの中で不足の物を分け合ったり、正月には共同で餅をついたりしながら、助け合って暮らしていた。

野中家は女ばかりで男は赤ん坊の優太郎と当主の優作だけだったので、召集令状が届くことはなかったが、官舎の中には召集される若者たちが出て、その母親たちは息子のために千人針を集めて歩いていた。

「虎は千里を行って千里を帰る」という諺(ことわざ)があり、その縁起をかついだ人たちから、寅年生まれだった知子は「千人針を刺してください」とたびたび頼まれることになった。知子は毎日一生懸命に赤い糸を刺して布地に小さなこぶをつくった。

「欲しがりません、勝つまでは」「足らぬ足らぬは、工夫が足らぬ」などという国民決意の標語を合い言葉にして、辛抱の上にも辛抱という風潮が人々の生活を覆っていった。

戦争が敗色を濃くする中で、食糧難はますます厳しいものになっていった。

生まれた長男の優太郎は栄養不足のせいか、たびたび自家中毒を起こしたので、香代は彼を病院へ連れて行く日が多くなった。

知子にとって、六歳下に弟が生まれて、しかもその子が病弱であったことは不幸なことであった。母親の関心は、まだ幼かった知子の頭上を通り越して、優太郎の方に向けられることが多くなった。

野中家の中での知子は三人の姉たちと弟との谷間のような立場になって、それはかなり孤独で哀しいものだった。

家族が忙しくしている夕暮れ時には、知子は一人で「叱られて」などという哀しい童謡を口ずさんでいるような、孤独な少女になっていった。

母香代の厳しかった門限をわざと破って遅くまで遊び、門の陰に隠れて優作が帰って来るのを待っていたりした。父と一緒に帰れば叱られなくて済むことを、ちゃっかり計算して行動するような娘になっていた。

優作は、仕事から帰って来るとそんな知子を心配して、散歩に連れ出しては月や星の話をして聞かせた。

「月はね。えくぼのできる子が好きなんだ。知子がいつもえくぼをつけて笑っていれば、お月さまはどこまでも知子について来るよ」

そんな話をして、知子にいつもニコニコしている女の子でいるようにと言い聞かせた。

時には、彼の母親であるフデの懐かしい思い出話であり、お世話になった日下部先生の話であったりした。母や恩師の話をするときの優作は、知子を慰めているというよりは自分自身の大切な人の思い出を、知子に聞いてもらっているような切ない感情が漂っていた。

世の中は、食糧が配給制になり、それでは不足だからといっても買い求めることもできない時代になっていった。

お金の価値などなくなってしまっていたのだ。

長女の紀子と二女の恵子は、農家の友人たちに食料を分けてもらいに行ったり、香代の着物を食料に換えたりして、様々な工夫をしながら家族の食を賄った。

それでも足りないので、淑子と知子は父方と母方の祖母の家に代わる代わる預けられるようになった。二人を祖母の家に預けることによって本人たちの空腹を満たし、さらにその二人の配給分を家にいる家族たちの不足に充填させたのだった。

下関から徳山までの汽車はいつも混雑していたし、大きなリュックサックを担いだ人たちでごった返していて、幼い二人には死に物狂いの旅だった。

戦争が終わってもしばらくは食糧不足が続いたので、この食糧疎開のための祖母の家での暮らしは、何度も繰り返された。

4

フデが暮らしている鹿野へは、その頃、徳山駅から朝と昼と夕の三回だけバスが出ていた。

終点である鹿野までは一時間余り揺られてやっと着いた。

優作がかねがね娘たちに話していたことによると、

「鹿野を流れている川は徳山を通って錦川と呼ばれる川になり、山口県岩国市に至る。そしてその錦川に架けられている橋があの有名な錦帯橋なのだ」

ということだった。

「お父さんのふるさとの川は、錦川の源流なんだよ」

そんなふるさとの話をするときの優作は、いつも目を細めて遠くを見つめるような表情をした。

徳山駅を出たバスが川幅の広い美しい川の土手を走りはじめて、その川が錦川だと知ったとき、二人は父親のその話を思い出した。

土手に桜の木と思われる並木が続く美しい川だった。

バスはしばらくその錦川の川岸を走るが、やがて川を離れて狭い山道に入っていく。

その山道は自然のままのデコボコ道で、女性の車掌があわてて後ろの客たちに声を掛ける。

「この先、バスが揺れますので、ご注意ください」

しかし声を掛けられるより先に激しい縦揺れに見舞われて、知子たちの小さな体は跳ね上がり、頭をバスの天井にひどく打ちつけてしまったりした。

そんな試練を乗り越え、終点で降りると、二人は畑の中の道をしばらく歩いて、やっと祖母フデの家にたどり着いた。

フデはいつもニコニコして温かく二人を迎えてくれた。

「知ちゃんちゃぁ、優（作）によう似ちょるいのう（似ているね）」

淑子と知子を代わる代わるに眺めながら、フデは二人の頭に手を置いて愛おしそうに目を細めた。

「優はなあ、魚釣りのうまい子じゃったぞう。そこのこんまい（小さな）川が、しもの方で（下流で）大けな川になっちょって、そこまでいきゃあコイだフナだアユだとよーけな

（たくさんの）魚が釣れよるけんね」

「うなぎやて（だって）しかけをかけち（かけて）、優はうまいこととってきちょったよぉ」

鰻とりには前日からの仕掛けが必要らしい。

大きな川には山の上からも幾筋もの小さな川が流れ込んでいる。竹筒の先端を八つか十ぐらいに割って、それを広げてつくった仕掛けを小さな流れに潜ませておき、翌朝早くに見回って捕獲してくるのが、鰻とりのやりかただという。

あるときなど、優作が川幅の広い川に架かっている丸木橋から真っ逆さまに落ちて岩に頭を打ちつけたというので、ずいぶん心配したことなど、フデの思い出話は尽きなかった。

優作の幼い頃の武勇伝を、思い出せる限り思い出したいとでも思うのか、フデは毎日たくさんの話を二人にして聞かせた。

「おぉ、そうそう、そのとき優はなぁ……」

そんなふうにフデが話す思い出話は、毎日毎日いつまでも続いた。

この祖母との暮らしがあったから、淑子と知子は、父優作の子ども時代の様子を細々と知ることができた。

優作は毎日家の手伝いをしながらも、教科書や科学雑誌などを手元から離したことがなく、暇さえあれば本を読みふけっているような少年だったと、フデは言った。

そんなときのフデの目は、それでなくても細いのに、糸のように細くなった。

漢陽寺にある祖父の墓にも、毎日三人でお参りに行った。会ったことのない祖父ではあったが、父優作に似た顔を想像しながら、淑子と知子は用意していった雑巾を絞って墓をきれいに磨き上げた。

フデの家には相変わらず風呂がなかったので、夜になると隣家の川村家まで、もらい湯に行った。

川村夫婦は、知子たちを親戚のような親しさで温かく迎えてくれた。帰りの道は真っ暗だったけれど、広い空に大きな星がたくさん見えて、それはとても美しかった。

「お手々つないで野道を行けば……」

淑子と知子はフデを真ん中にして手をつなぎ、大声で唱歌を歌いながら歩いた。

三人の他には誰もいない、星明かりだけが頼りの夜道だったけれど、少しも怖くはなかった。

「ねえ、あの星、なんだかずいぶん大きくてチカチカと光っていない？」

「ほんとだ。一番輝いているし、チカチカと光ってまるで何か私たちに言いたいことがあるみたいに見えるわね」

知子が見つけた星は、広い星空の中で本当にひときわ明るく輝いていた。しかもその光がせわしなく瞬いて、あたかも三人に暗号を送ってでもいるかのように見えた。

「あれがなあ、杉さんの星なんじゃーよ」

フデは少し声を小さくして二人にささやいた。

「えっ、杉さんの星？」

「杉さんちゃぁ、知ちゃんらぁのじいちゃんだぁよ。じいちゃんちゃぁ杉作っちゅう名ぁじゃったけんね」

フデは幼い二人の孫に、自分の秘密にしていたことをうっかり漏らしてしまったというふうに、少し照れながら説明した。

杉作が若くして突然逝ってしまった後、フデはこの輝く星を見つけて、勝手に夫杉作の星だと決めたのだそうだ。そしていつもその星に話しかけては、励まされてきたのだと二人に話して聞かせた。良いことがあったときも悪いことがあったときも、フデはこの星に訴えることで心を癒やしてきたのだと言った。

フデは自分がそっと大切にしてきた星を、教えたわけでもないのに孫たちが気づいてくれたのがうれしくて、思わず自分の秘密をそうやって、明かしてしまったのだ。

二人にとって祖父は会ったこともない人だったけれど、この話を聞いて、祖父は祖母にとって忘れられない大切な人だったに違いないと思った。

(きっと、おばあちゃんは星になってしまったおじいちゃんに話しかけることで、励まされて生きてきたのね)

二人はそう思いながら、その輝く星をじっと見上げた。

そういえば、その星が輝いているのは漢陽寺のある山の真上の方角だった。

このおじいちゃんの星の発見は、これまで漠然としていた祖父の存在をはっきりと二人に認識させ、このふるさとを残してくれた人として、改めて祖父杉作のことを身近に感じたのだった。

祖母の家のすぐ近くを流れる小川の水は清らかで満々としていて、二人はそこで朝は顔を洗い、昼は食器や野菜を洗った。

朝早く戸外に出ると、目の前にそびえる山の山肌を真っ白な霧が這い上がっていくのが見られた。霧はやがて山頂から大空に立ち昇っていく。その荘厳な情景を見るのが楽しみで、二人は毎朝早起きをして外に飛び出してはそれを眺めた。

こうして二人は、学校が休みの日を利用して、三日とか四日とかを、祖母の家で過ごした。

☆

鹿野での暮らしは、淑子と知子にとって穏やかで幸せな日々だった。

食糧難の時代ではあったけれど、フデの家には米と畑の作物だけは十分にあった。それ以外にはおいしいものとてなく、本や遊び道具があるわけでもない暮らしだったけれど、豊かな自然とフデの愛情に包まれて満ち足りた時間の流れだった。

いよいよ自宅へ帰る日になると、フデはありったけの食料を二人のリュックサックに詰め込んでくれる。米びつの中の米をひと粒残らず袋に入れてしまう祖母に、いつも二人はいたたまれなくなって真剣な顔で抗議した。

「おばあちゃんの今夜のご飯がなくなるんじゃないの？」

フデは二人の背をなでるようにさすりながら明るく答えた。

「せわあない（心配ない）、せわあない。ばあちゃんにゃぁ、働きゃぁまたなんぼでも米をくれんさる（下さる）人がおってんじゃけんね（いてくれるのだから）」

別れの日にはそんなやりとりをいつも繰り返した。

そしてフデは二人をバスに乗せると、見えなくなるまで手を振って見送った。

淑子と知子はいつも泣きながら手を振り続けたけれど、フデは気丈にも一度も泣かなかった。

フデはどんなときも優しく、心から温かい人だった。そして強い人だった。

☆

別の日、二人は徳山にある香代の実家に滞在した。

香代の実家はとても広く、淑子と知子は二人だけの広々とした部屋をあてがわれて、ゆったりと眠った。

家の周囲は高い防風林に囲まれていて、夜の津島家は周辺の家々の影響を受けることもなく森閑としていた。

お風呂は五右衛門風呂という鉄でできた浴槽で、底が熱いので、円い木の板を沈めて入らなければならない。知子はまだ体が小さくて重さが足りないので、その木の板を沈めるのに苦労した。

朝になると小作人たちがたくさん来て、登美から仕事の割り振りをされると一斉に出かけていった。淑子と知子にもそれなりの仕事が与えられて、晴れている日は必ず畑仕事を手伝って一日を過ごした。

畑の周辺には大きな八重の花が咲く椿の木があって、その木に大輪の花の蕾がつく頃には、二人でその蕾の花びらを一枚ずつめくってお雛さまをつくった。それが楽しみで、二人は決められた仕事を早く終わらせようと懸命に働いた。真っ赤な花びらや赤と白のまだらな花びらがあって、美しいお雛さまがたくさんできた。

祖父の彌兵衛は外回りに出かけることが多かったし、家にいても座敷に籠もっていることが多かった。威厳があって近づき難い人だという印象があって、二人にとってはあまり縁のない人のように思えた。

津島家にいる間、登美は二人の躾に細々と気を配った。

敷居の上に乗ってはなりません。

目上の人の前を横切ってはなりません。

枕は投げて置いてはなりません。

夜具の上を歩いてはなりません。

脱いだ衣服はきちんと畳まなければなりません。

食事中、ものを噛みながら話をしてはなりません。

早寝早起きの習慣はもとより、言葉遣いや生活習慣のあらゆることに登美の細々とした厳しい注意が入った。


家の中のことを取り仕切りながら、四人の男の子と二人の女の子を立派に育て上げた人だから、登美には全てのことにゆるぎない自信と信念があるように見えた。

嫁いできて以来、登美はずっとこの場所でこの家で家族の健康に気を配り、家業の農業に打ち込んできた。そんな登美にとっては、娘の香代が優作の転勤に従って次々と家を移動する生活を見ていると、これでは暮らしが少しも落ち着かないのではないかと心配だったし、香代が不憫でならないようだった。

だから香代と孫たちのことを心配して、登美は折に触れて野中家を訪れていた。

そんなときにも登美は、孫たちの言葉遣いや立ち居振る舞いへの注意を怠らなかった。

その頃はすでに香代の弟たち二人と末の妹も結婚して独立していたのだから、それぞれの家庭への登美の気遣いには並々ならぬものがあったはずだ。

☆

津島家で、まだ独立していない最後の息子は暁生といった。

優太郎を身籠もっていた香代が悪阻で苦しんでいた頃に、綾羅木の家によく来ていた香代の末の弟である。

その彼が、陸軍士官学校を卒業した。ずっと首席を通した彼の卒業式の様子は、ニュース映画になって日本中の映画館で放映された。

淑子と知子は綾羅木の家に帰って家族と一緒に映画館に観にいったので、徳山の祖父母や兄弟が、その映画を観てどのような感動をしたのかは分からない。それでも家族で喜びに沸いたことは確かなことだろう。しばらくは町の誉れとして、知人や隣人たちまでの語り草になった。

綾羅木の家に来てくれていた頃、この叔父と手をつないで官舎の周りの松林を散歩すると、松脂採集の兵隊さんたちが皆で素早く起立して敬礼をした。暁生が着ていた軍服には、その頃からたくさんの勲章が縫い付けられていた。知子は子ども心にそれがうれしくて、この叔父を誇りに思っていた。

暁生は美男で凛々しくて知子たち姉妹にとって憧れの叔父だった。将来はどんな活躍をしてどんなに偉い人になるのだろうかと、小さな胸を膨らませてもいた。

しかし幸か不幸か、彼が士官学校卒業後数カ月して第二次世界大戦は終結した。

終戦処理の中で暁生には、教育機関や政府の機関など各方面から強い誘いがあった。しかし彼はその一切を断って徳山に帰り、農民として生きる道を選んだ。

後に妻を娶り徳山の実家で一家を構え、父彌兵衛と母登美の老後を見守って生きることで、彼は彼自身の人生の意味を完結する道を選んだ。

一家の誇りだったこの暁生の生き方の大変革について、彌兵衛と登美がどのような思いを抱いていたのかは知子には分からない。しかし、終戦によって逆転した人生観の変貌に従って、その後は自己の意志を貫こうとした息子の生き方を、二人も認めていたに違いないと知子は思っている。

彼を兄のように慕い、誇りにしていた野中家の娘たちにとっても、叔父の生き方の変貌ぶりは驚きであり、しばらくはやり場のない気持ちだった。

しかし叔父の心の葛藤は、到底自分たちに理解できるような単純なものではない、ということだけは分かっていた。

5

遡って昭和二十年春、知子が国民学校に入学したばかりの頃、優作にまた転勤の沙汰があった。

一家の主の転勤には家族も同行するのが一般的な時代だったし、野中家はそれまでもずっとそうしてきた。

けれどもそのときの転勤には、家族の同行を優作が反対した。

新勤務地が広島だったからだ。

その頃戦況には、すでに敗戦の兆しが見えはじめていることを彼は察知していた。

その上、広島には練兵場があり、近くの呉には海軍省があって、広島湾は大きな軍港になっている。さらに江田島には海軍兵学校があり、広島周辺は狙われやすく、極めて危険だと彼は判断していた。

生まれて間もない病気がちな息子の存在もあり、安全のために家族を下関に残していこうと彼は考えた。

そして、土曜日の夜に綾羅木の家に帰り、月曜の早朝には広島の職場に戻るという、優作の一週間単位の遠距離通勤生活が始まった。

列車はいつも超満員で、窓から出入りする者やデッキにぶら下がる者などで溢れかえっていた。当時の列車は蒸気機関車で、薪や石炭を焚き、黒い煙をたなびかせて走っていたのだから、トンネルに入るとそれは誠に悲惨な情況になった。デッキの人たちは、鼻の穴や顔全体が煤（すす）で真っ黒になった。

百七、八十キロはあるはずの広島と下関の間を毎週往復することは、並大抵のことではなかったはずだ。

家族を守るための優作のこうした努力には並々ならぬものがあった。

しかし、留守家族の方もまた大変だった。

戦争という命の危険と隣り合わせの日々、そして食糧難と五人の子どもたちの安全、ただでさえ苦難の毎日である上に、一家の主は日曜日を除いて留守という生活になった。お金はあっても買えるものがない時代でもあった。

その上、皆の期待を背負って生まれた長男の優太郎は病弱だったため、母親の香代はその力のほとんどを彼のために費やすことになった。

そのため長女の紀子と二女の恵子は、父親と母親の両方の役割をしなければならなくなり、対外的な仕事や家族の食糧の確保などに明け暮れた。従って、日常の細々とした仕事のほとんどは、淑子と知子に課せられることになった。

その頃の知子の絵日記には、淑子と二人で大きな籠を背負っている絵がほとんど毎日のように描かれている。

香代が悪阻の時期に毎日食べまくっていた夏ミカンが入っていた、あの籠だ。その籠を背負って、燃料にするための松かさやガラ拾いをするのが二人の日課になった。

ガラというのは石炭ガラのことで、石炭が燃えた後の消し炭のようなものだ。

大きな船で焚かれた石炭の燃えかすが波に運ばれて綾羅木の浜辺に打ち上げられてきたもので、乾かすと結構火力のある燃料になった。

牛を飼っている近くの農家から優太郎に飲ませる牛乳を毎朝一本ずつもらってくる仕事も、二人の交代の日課になっていた。その白いとろりとした感じの牛乳はとてもおいしそうで食欲をそそられたけれど、二人の口に入ることは一度もなかった。

父の優作が帰る週末には、二人は蓬摘みをして草団子をつくった。

優作の過労や栄養不足を心配して、香代が彼の好物である甘いものづくりを二人に指示していたのだ。

土曜日の深夜に帰って来た優作は、翌日の日曜日の朝になると四時に起きだして、海岸の岩場の方に出かけていった。蟹を捕まえるためだった。

知子はいつもその父についていった。

カーバイトという粉末を水に溶かすと、刺激臭の強いアセチレンガスが発生する。優作はそのガスでカンテラに灯をともした。

カンテラの灯りを頭上にかざして海中を照らすと、たくさんの蟹が海の浅瀬の底でぐっすりと寝込んでいた。

もくず蟹という名前だっただろうか、知子の手の握り拳くらいの小ぶりな蟹だった。

蟹が目を覚まさないように静かに近づいて、素早く捕まえて網の中に入れる。

家では香代が大釜に湯をたぎらせて待っていた。

その湯の中に一気に蟹を投げ込んで蓋をする。すると、五センチ以上もある分厚くて重い木の蓋を、蟹たちはブツブツ言いながら押し上げようとした。

「南無阿弥陀仏、南無阿弥陀仏……」

大きな声でそう唱えながら、みんなで釜の蓋を押さえた。

食糧が不足していた時代だったから、家族は団結してあの手この手で食物対策に明け暮れた。

☆

戦時中の下関での一家の暮らしは、厳しい物不足と食糧不足との闘いの日々だった。

子どもたちにとって何が辛かったといって、食べるもののないことが一番辛かった。

父や母の生家に食糧疎開をしたからといって、その充足感がいつまでも続くわけではない。帰って来たその日から空腹感は襲ってくる。カボチャの葉が刻み込まれたお粥や、サツマイモの葉の茎を煮たものなどでは、到底腹の足しにはならなかった。

空襲警報が鳴れば、何を置いても防空壕へ逃げ込まなければならないという落ち着かない生活でもあった。

けれども実際に空襲を経験したことはなかったのだから、戦禍の大きかった地域に比べれば戦争の影響は少ない方だったといえるのかもしれない。

知子が一年生になった頃の小学校では、防空頭布を被って避難訓練をしたり有事に備えての身の処し方を習ったりした。落ち着かない学校生活ではあったけれど、真面目に学習にも取り組んだ。

そんな七月の半ば、一学期が終わるに当たって父兄会（現在の保護者会）が開かれることになった。

その日の午後に開かれる父兄会のために、勉強は午前中で打ち切られ、子どもたちは家に帰された。

風もなく暑さもさほどではない穏やかな日だった。

学校中の子どもたちが親からも学校からも解放されたわけで、子どもたちはその自由な半日を浮き浮きして過ごした。

官舎の小学生たちはみんなで集まって、鬼ごっこやかくれんぼやゴム跳びなどに夢中になって遊んだ。

楽しかった余韻を残しつつ、翌朝登校すると、知子はすぐに職員室に呼ばれた。

「驚かないでね。久美子ちゃんがきのうの午後、亡くなったの。死んじゃったのよ」

受け持ちの井上先生が目を赤くして知子にそう告げた。

きのう学校で別れたばかりの久美子の顔が思い出されて、知子には先生のその言葉がとても信じられなかった。

「明日の午後がお葬式なので、弔辞というお別れの言葉を知子さんにお願いしたいの」

担任の井上先生は、知子を真っすぐに見つめてそう言った。

昼休みになって知子は先生と一緒に、久美子との様々な思い出を話し合ってお別れの言葉の原稿をつくり上げた。

先生は涙をこらえて、クラスのみんなにも久美子との突然の別れについて報告した。

初めはとても信じられなかったけれど、そうこうしているうちに、久美子との別れが本当に起こったことなのだということが、知子にもだんだん分かってきた。

それでも知子には「久美子ちゃんが死んでしまった」ということがどういうことなのかがよく分からなかった。

久美子はまだ一年生になったばかりだったのだ。これからたくさんのことを学んで大人になっていくはずだったのだ。久美子は一体どこへ行ってしまったのだろう。

頭の中でいろいろ考えていたら、祖母のフデが話していた「杉さんの星」のことを思い出した。

「おじいちゃんはまだ若いのに死んでしまって、星になってしまった」と、おばあちゃんは言っていた。

そうだ、久美子ちゃんも星になったのかもしれない。知子はそう思った。

「先生、久美子ちゃんは、もしかしてお星さまになったんですか？」

井上先生はちょっと驚いたように知子を見つめて、やがて穏やかな笑顔になった。

「そうね。久美子ちゃんは星になったのね。きっとお星さまたちの仲間入りをしたんだわ」

先生のその笑顔を見て、知子は少し安心した。たくさんの仲間がいる星の国へ行ったのなら、久美子も寂しくはないだろうと思うことができた。

久美子の家は田圃や畑の中の一軒家で、久美子はその日、遊ぶ約束を誰ともしていなかったので、学校から帰って一人で遊んでいたらしい。

聞こえてきた噂によると、そのうちお腹がすいてたまらなくなって、近くの田圃の脇を流れている小川の中にタニシがいるのを見つけて食べたらしい。タニシは以前にも食べたことがあったので大丈夫だと思ったのだろうが、お母さんが茹でていたことを久美子は知らなかったらしい。生のままで食べたので、中毒を起こして、苦しんだ挙げ句に亡くなってしまったのだ。

父兄会が終わって帰ってきた母親が、久美子の異変に気づいて病院に担ぎ込んだけれど、緊急の処置にはもう間に合わなかった。

翌日の午後、クラス全員で久美子の葬儀に参列した。

母親たちも大勢集まっていた。みんな暗い顔をしていた。

「お腹がすいていたのね」

「可哀そうに」

みんなは久美子と母親に同情してひそひそと話し合っていた。

久美子の両親に挨拶をするために知子が井上先生に連れられて部屋へ入ると、顔に白い布をかけられた久美子が、そこに寝せられていた。

それを見ると知子の体は急に固くなって、泣き出しそうになってしまった。

「野中知子さんです。この子がお別れの言葉を述べさせていただきます」

先生がそう紹介すると、久美子の母親は涙で濡れた目を拭きながら、

「知子ちゃん、お世話になります。お別れに久美子の顔を見てやってちょうだい」

そう言って久美子の顔の覆いをそっと持ち上げた。

血の気のない青い顔だったけれど、苦しさに引きつった顔ではなかったので、知子は少し安心した。

お別れの言葉を読み上げると、たくさんのお母さんたちと友達みんなが声を上げて泣いた。

久美子ちゃんを失った悲しみと大任を果たした安堵感とで、知子は今にも倒れてしまいそうになって、その場に立ち尽くしていた。

「しっかりと、立派にやり遂げてくれました。ありがとう」

井上先生が知子の肩を抱いて励ましてくれた。

そして先生はそっと知子の耳元でささやくようにいった。

「知子ちゃん、泣かないで。久美子ちゃんは、星になったのよ。そうでしょう?」

先生の優しい言葉で知子は少し安心した。

そして鹿野の空に輝いていた杉さんの星をそっと思い出した。

ついでに優しいおばあちゃんのフデの顔も思い出した。

知子にとって生きていた人が死ぬということの、不思議と悲しみを体験した初めての出来事だった。

☆

それからほどなくして、あの昭和二十年八月六日の朝がやってきた。

その日は月曜日だった。

前日の五日に家族で優太郎の二歳の誕生日を祝う会を開いた。本当の誕生日は八月八日だが、みんなの意見で父優作がいるときにやった方がいいということになって、日曜日の昼に開催した。

心ばかりのお祝いの後、優作はいつものように夜行列車で広島に向かった。

もしも予定通りに列車が走って、広島に着いていたら、

「優作の乗った列車が広島駅に到着する。そしてその直後に原子爆弾が広島の上空で炸裂

する」

そういう順序で、その日は始まっていたはずだった。

しかし、優作の乗った列車は故障して、途中の岩国駅で止まっていた。やっと復旧して動きはじめたときになって、広島に得体の知れない爆弾が投下されたというニュースが伝えられ、列車はそこで運行を停止したのだ。

それはまさしく、生と死を分けた運命の出来事だった。

優作に、数十分間の遅れをもたらしたのは、神の采配であったのだろうか。

息子を守りたいという、フデの一念が通じた神通力だったのだろうか。

優作が徒歩で広島に入ったときには街は壊滅状態で、人々は生き地獄の中にいた。

太田川を重なるようにして流れるたくさんの屍、おおかたの建物は焼け落ちて跡形もなくなり、福屋という百貨店のビルの骨組みだけが一棟取り残されたように建っていた。

まだ息のある人は一様に水を求めて喘いでいた。

茫然自失の中で優作は、建物の下敷きになっている人を助け出したり、苦しむ人に水を与えたりしながら、がむしゃらに広島の町の中を歩いた。

降りはじめた黒い雨に濡れながら、知人や同僚を探して歩き回った。その黒い雨が放射能を含んだ危険な雨であることなど、そのときの彼は知る由もなかった。

これが原因になって、黒々とした剛毛だった優作の頭髪はその後、無残に抜け落ちた。

下関の留守家族が優作の無事を確認できるまでに一週間がかかり、顔を見るまでにはさらに数週間が経過した。

しかし、優作の判断によって下関を動かなかったために救われた家族の命といい、列車の故障という偶然が救った優作自身の命といい、優作は運命というものの不思議を思わずにはいられなかった。

☆

運命と言えばさらにもう一つ、重大な出来事があった。

原子爆弾が投下されたその日、香代の伯母である橘結衣が、広島の比治山の別荘にいて原爆の犠牲になって亡くなった。

優作は結衣の弔いをしながら、しみじみと運命というものの不可思議について考えた。

優太郎が生まれたあの日、優作が伯母の願いを受け入れて知子を彼女に託していたとしたら、知子と伯母の身にはどのような運命が待っていたのだろうか。

知子は大伯母と共に、幼いままこの世を去っていたかもしれない。

それとも幼い知子の安全を守りたいという一心で、伯母は事前に知子を連れてどこか安全なところへ疎開していたかもしれない。もしそうであれば、結果的に知子が伯母の命を救うことになっていたかもしれなかった。

そんな様々な思いが優作の胸に去来した。


広島に転勤になってから終戦を迎えるまでの半年余り、優作は月曜日から土曜日までを広島の職場で働き、日曜日には家族と共に過ごすために下関に帰るという、多忙な生活を続けてきた。それでも、一度も下関への帰宅を取りやめたことはない。

しかし、原爆投下があって終戦となってからの一年は、さらに厳しい生活になった。

優作は家族の待つ下関にしばらくは帰れなかった。

破壊された職場周辺は先の見通しが立たないほどに荒れ果て、その修復は困難を極めた。

生き残った者たちは音信のとれない仲間の捜索や、亡くなったと分かった人たちの家族への連絡などに追われた。

それは、それでも自分たちが生きている、ということが不思議に思えるほどの、悪夢のような日々の連続だった。

ようやく職場の情況が整頓され、家族が暮らせる場所の目鼻がついたとき、優作は何をおいても家族を呼び寄せたいと思った。家族の中に自分の身を置くことによって、人間らしい気持ちを取り戻したいと痛切に思ったのだ。

昭和二十年八月十五日の終戦の日から一年を経て、優作は家族を下関から広島へ呼び寄せる決断をした。

優作の決断によって急きょ決定した下関から広島への転居は、夫婦と子ども五人という、これまでにない大所帯の引っ越しになった。

国民学校に知子が入学したときからの担任だった井上先生は、挨拶に行った知子の頭に手を置いて大粒の涙をハラハラと落としながら、「寂しくなるわ」と別れを惜しんだ。

知子にとって、その日のことは長い間忘れることのできない別れの日の思い出になった。

このときの転居は幼かったこれまでと違って、知子にとっては初めての転校を伴う引っ越しであり、大切な人たちとの別れだった。

その上今度の転居先は、戦争が終わったとはいえ原爆が投下され破壊された町・広島である。

家族が皆一緒になれるとはいうものの、転居先には様々な不安があった。

広島に原爆が投下された当初は、草木も十年は育たないだろうといわれるほど町は荒廃していたというし、放射能汚染も様々に尾を引いていた。

人々は被爆者に近づくと体に異常が起こるかもしれないと忌避(きひ)して、県外者は被爆者を敬遠する。だから、「県外の人たちには、自分が広島県人だと言わない方がよい」などという流言(りゅうげん)が広がってもいた。

優作自身にもそのような不安がまったくないというわけではなかった。

しかし復興は思いの他に早く、たくさんの人々の建設的な暮らしがすでに始まっていたので、優作もようやく家族を移り住まわせる決心をしたのだった。

そのように不安の多い中で、戦争の苦しみを共にくぐり抜け、苦楽を共にしてきた官舎の人々と別れる日がやってきた。

引っ越しの日には下関駅に、官舎の人たちと、野中家家族のそれぞれの友人や知人が大勢で見送りにきた。

列車が動きだすと、「万歳、万歳」の大合唱になった。苦しみを共に乗り越えてきた人たちの、心からの応援だった。その大合唱は、人々の姿が列車の窓から見えなくなってもまだ続いていた。この劇的な別れは、幼かった知子にとっても生涯忘れることのできない感動の思い出になっている。

6

一家が暮らすことになった広島の鉄道官舎は、広島駅から東へ六キロくらい離れた向洋（むかいなだ）という町で、同じ広島といっても戦火の影響は少ない地域だった。小高い山の南側の面を切り拓き、七、八十軒ほどの平屋の官舎が今まさに建設中というところだった。

知子が国民学校二年生の夏のことで、両親は淑子や知子を転校させるに当たり、新しい学校へ二学期の初日から転入させたいと考えた。

両親のそうした意向があって入居を急いだために、官舎全体はまだ建設途上で、暮らしの体裁は十分に整ってはいなかった。

風呂場はあっても肝心の浴槽が設置されていなかったし、台所の設備も十分ではなく、塀もなかった。

大工たちは官舎の敷地内に建てた作業場に詰めて、朝早くから夜遅くまで槌音高く働いていたし、まだ官舎への入居者自体も疎らだった。

優作はドラム缶を都合してきて、裏庭にドラム缶風呂をしつらえた。

このドラム缶風呂は、幼い知子にとってはとても楽しいものになった。徳山の祖母の家の五衛門風呂の経験から、木の板も上手に沈めることができたし、ドラム缶は深いので立ったままでもお湯が肩まできて心地よかった。

近所にはまだ入居している家はなかったから、目隠し程度の囲いで入浴ができたし、体を洗いながら満天の星を眺めることができた。

官舎の中での野中家の位置は山の頂上付近だったので、とても眺めが良かった。

西隣には初めて見る広い塩田というものがあった。

まずは海から海水をトラックで運んで来て、海水をこの塩田で細かい砂利にゆっくりとくぐらせる。

次にその砂利をそのまま天日で乾燥させる。

そして砂利についた塩を大釜で煮て塩を取り出し、それをさまして塩の結晶を収集する。

そんな工程が、月に二回くらいの割で繰り返されていた。

塩づくりの工程や、大釜の中にできる塩のきれいな結晶を見るのが、知子の朝の楽しみになった。

しかし官舎全体が完成したときには、塩田の場所を引き渡すという約束にでもなっていたのか、やがてその塩づくりの作業は終わりになり、塩田も取り壊されてしまった。

その塩田の向こう側の崖下に、優作が勤務する鉄道教習所があった。

ここは新採用になった人の教育や、さらに高度な技術を学ぼうとする人を指導する学校で、とても広大な敷地だった。かつては教習所の生徒だった優作が、今はその教官であり教官たちを束ねる課長でもあった。

崖下のすぐ近くに大講堂があって、そこで毎朝教習生たちが歌う校歌の大合唱が聞こえてきた。

山紫に水清き集う広教向洋……

五年生の淑子と二年生の知子はすっかりこの歌を覚えて、毎朝一緒になって歌った。

終戦後も食糧難はまだ厳しかったので、庭を耕して青菜やイチゴ、トマトやナス、そして芋や豆も植えた。優作は仕事の休みには電気パン焼き機をつくったり、サツマイモを大きく育てるために苗に電撃を加えたりして、あらゆる工夫をしながら家族を養った。

豊かな生活とは言えない切り詰めた暮らしではあったけれど、平和な生活だった。戦争の終わった明るい暮らしだった。

☆

生活が落ち着いてきたところで、優作はしばらくぶりに鹿野へ帰った。

転居の報告と共に、「広島へ来て家族と一緒に暮らさないか」とフデを説得してみようと思っていた。

しかしフデの気持ちは相変わらず「鹿野で暮らしていたい」ということだったし、ぜひにと言うには、まだ優作たち家族の暮らし自体にも厄介な問題が起こったりしていた。

下関に比べると広島は鹿野から近い所ではあるが、環境を考えると広島の向洋は下関の綾羅木よりも都会的で、牧歌的な風情に乏しかった。だからフデが楽しんで暮らせる環境だとは言い難かったし、何よりもまだ家族が生活する新しい官舎の暮らしに、様々な困難が発生することが問題だった。

官舎への入居者が増えて、炊事・洗濯・風呂などみんなが一斉に水を使う時間帯になると、山の頂上にあった野中家では水道の水が出なくなった。水圧が弱くなって高い場所まで水が上がってこなくなってしまうのだ。

崖下の教習所の大講堂の脇に並んでいる水道の蛇口からは、いつも勢いよく水が出ていたので、そこから汲んでくること自体に問題はなかった。しかし官舎の中央通りをずっと山の裾まで下っていって、教習所で水を汲み、またその道を持ち帰るなどという作業が、一日に何回もできるはずはなかった。

水が必要な仕事をするときには、他の家とは時間差をつけて水を汲むように工夫してみたが、なかなかうまくいかなかった。

淑子と知子は一計を案じて、西側の崖に鍬を振るって階段をつくった。

今考えてみると、その崖の高さは四、五メートルぐらいのものだったのだろうし、傾斜は三十度程度だったのだろうと思われるが、当時三年生になったばかりの知子にとっては、高い絶壁のように感じられた。

その絶壁を天秤棒の両端に水を入れたバケツをぶら下げて、勢いをつけて階段を駆け上がる。途中で止まったりしたらバケツもろとも崖下に転がり落ちるのは必定で、だから必死だった。その後はまた、次の作業のためにその崖を駆け下りなければならない。そんなことを一日何往復もやった。水圧が改善されるまでの数カ月のことではあったが、毎日が悲壮な覚悟の連続だった。

優作は仕事の上では真面目を絵に描いたような人だったけれど、ユーモアも茶目っ気もある人だった。

教習所の文化祭では、平賀源内がエレキテルを発見し電気を起こす発明をする過程を芝居に構成して、自ら源内に扮して生徒たちと一緒に演じたりした。

教習内容も自ら紙芝居にして上演したり、生徒に上演させたりして、面白おかしく授業を進める工夫をしていた。

東京に出てきたばかりの若い頃から始めた柔道もずっと続けていて、彼は黒帯保持者でもあった。

そのため、娘が父に跳びかかっていってどんなに頑張ってみても、優作の体はびくともしなかった。まるで彼の脚は畳から生えているのではないかと思うほどで、姉妹四人が全員でかかっていっても、足一本持ち上げることはできなかった。

戦時中の苦労はもちろんのこと、戦後も続いた食糧難の中で、子どもたちを守り抜くことに必死だった優作だが、若い頃に鍛えた彼の体は見事にそれらに打ち勝ってきた。あの原子爆弾がもたらした黒い雨さえも、彼の体を破壊することはできなかった。

戦後五年余りを経て、ようやく仕事にも家庭にも落ち着きが生まれ、将来に明るい希望が見えるようになっていた。

この頃、優作はやっと悲惨だった戦争のことを少しだけ忘れられるようになっていたようだった。

☆

この広島の向洋という町で暮らすようになった昭和二十一年の九月、優作は四十五歳、香代は四十三歳、娘たちは上からそれぞれ十九、十五、十二、九歳になり、すっかり健康になった長男の優太郎は三歳になっていた。

昭和二十二年三月に教育基本法・学校教育法が公布されて学制は六三三四制になり、国民学校は小学校という名称に戻ることになった。

淑子や知子の授業参観の日には、香代は和服をきちんと着こなして出かけた。彼女の姿は、たくさんの母親たちの中にあってもどことなく目立っていて、香代は知子の友達の目には美しい人と映ったようだった。

「知子ちゃんのお母さんって、きれいな人だね」

友達に褒められて知子は内心、少し誇りに思っていた。香代は美人といわれるほどでもないのだろうが、鼻筋が通り、何よりも身だしなみにいつも気を使う人だった。

食糧難の時代にずいぶん米や芋と取り換えたはずなのに、まだ上等な着物を何枚かタンスにしまいこんであったらしい。

万事に周到な香代は、いずれ東京に戻るときのことを考えて、自分自身にも子どもたちにも、都会人らしさを失わせないために気を使っていた。

服装にも言葉遣いにも物腰や態度にも、香代はひそかにチェックを入れながら、自分らしさを失わない生き方をしたいと考えている気配があった。

それは都会人とか東京の人間だと見られていたいというだけではなく、転勤や転居の多い生活をしなければならない境遇にあった者が、せめてあちこちの土地柄に複雑に染まってしまうことなく、一貫した人間性を保っていたいと考えていたからなのだろう。

確かに下関にも広島にも様々な方言があったし、一つの単語の抑揚も各地でそれぞれに違っていた。

野中という名前一つをとっても、その名前のどこにアクセントをつけるかはその土地土地で違っていたし、もっと長い言葉のイントネーションに至っては、各地で想像を超える違いがあった。

抑揚に限らず、言葉自体の方言や考え方、生き方まで、生活の場が変わるたびにその土地に染まって生きていては、自分たちがどこの人間なのか分からなくなってしまう。

そんな不安が、香代にはあったのかもしれない。

その結果、家庭の中では子どもたちに標準語を忘れさせないようにと努力していた。こうした香代の努力で野中家の子どもたちは、暮らしの場所が変わってもほとんどその土地の言葉に染まることはなく、家族は標準語に近い言葉で話をする生活をしていた。

小学校の先生はそんな知子の発音が美しいといって、国語の時間には皆のお手本になるようにと、一日一度は知子に教科書の朗読をさせて皆に聞かせた。

食糧事情もよくなり、その頃の野中家は明るく和やかな空気に包まれていた。娘たち四人は箸が転げてもおかしい年頃になり、家族が揃う夕飯時にはいつも笑いが絶えなかった。

その頃、西側にあった塩田が取り壊された跡地に、野中家と同じ一戸建ての官舎がもう一軒建てられた。

やがてその官舎には、四人の男の子を持つ鉄道員の家族が入居してきた。野中家とは男の子と女の子の違いはあったけれど、子どもたちの年齢がそれぞれ近かったため、学校にも一緒に行くようになり仲良しになった。

夕飯を食べながら野中家の娘たちの笑い声が響くと、その隣家の兄弟が「また、笑うぅ」と野中家の笑い声に負けないような大声で合唱を返してきた。

平和で愉快な夕暮れのひとときだった。

☆

世の中が平和になると、様々なところで人々の教育熱は高まり、書道、珠算、コーラス、陸上やテニスなどのスポーツ、舞踊やお琴などと、思い思いに個人の能力を高めるため、レッスンに通う人が増えた。

野中家の娘たちも、長女の紀子は洋裁学校を卒業してその学校の先生になっていたし、二女の恵子は和裁学校に通いながらお琴を習うようになっていた。

三女の淑子は相変わらずの勉強好きで、自宅で英語の個人レッスンを受けるようになった。香代の知人が、その人の甥で自動車会社の研究室にいるという人を紹介してくれて、週に二回のレッスンを受けはじめたのだ。

知子は母香代の達筆さに憧れていて、お習字を習いはじめた。さらに小学三年生になったときには学校の課外学習で珠算をやるようにもなった。戦後の学校教育が手探りで進めていた教科外指導ということで、選抜された児童に対して放課後の珠算指導が開始されたのだ。

それがきっかけになってソロバンの面白さにのめり込んでしまった知子は、始めてから一年足らずで商工会議所の検定で三級に合格した。

学校での珠算指導会ではすでに二級に合格していたので、暗算の力もかなりのものになっていた。

まだ珠算が広まりはじめた頃のことで、小学三年生が三級に合格したということは珍しかったのだろうか、新聞記者が学校にやってきた。一緒に合格した男の子と二人で、顔写真入りの新聞報道がされた。

その後知子は町の珠算塾から誘いがあって入塾することになり、大人たちと一緒に練習するようになった。日曜日にはあちこちで開催される競技会に出場するようにもなり、忙しい日々になった。

同じ塾の先輩だった、二十歳を三つか四つ過ぎたくらいの佐伯と田所という二人の青年が、塾に行く時間になると「トモちゃーん」と、家まで迎えにきてくれるようになった。

しばらくしてその佐伯が、実はマンドリンの名手でもあることが分かって、長女の紀子がマンドリンを教えてもらうようになった。

佐伯は珠算塾へ行く知子を誘いに来たり、紀子にマンドリンの指導に来たりして、その頃の野中家によく出入りするようになった。

彼は穏やかな人物だったし、趣味の広い人で、姉妹四人をよく広島近辺の山登りに連れて行ってくれたり、河原で飯盒炊爨の楽しさを教えてくれたりした。女ばかりの姉妹だけではできない楽しい経験をたくさんさせてくれた。

五年生になった体操の時間の記録会で、知子は五十メートル走で男女合わせても一番速いことが分かった。先生はにわかに知子の短距離走に力を入れはじめて、あちこちで開催される陸上競技大会に知子を連れて行くようになった。

その頃の知子はリレーなどでも圧倒的な速さを見せて、ごぼう抜きの快感に自分自身も酔いしれていた。

知子は珠算大会にも出場しなければならず、日曜日はさらに忙しくなった。

☆

広島の向洋の官舎での生活は六年になり、淑子と知子はそれぞれ高校二年と中学二年の夏を迎えていた。

戦後も七年目になって社会環境に落ち着きが見えはじめ、生活にもゆとりが感じられるようになった頃だった。

しばらく優作には転勤の沙汰もなく家族も腰を落ち着かせていたところへ、急な転勤の発令があった。

転勤先は同じ広島市内ではあったが、今度は市の中心地にある職場で、官舎は白島（はくしま）という所に用意された。

知子はこの向洋時代、珠算に夢中で取り組んだり全国合唱コンクールに向けて放課後の特訓を受けたりして、充実した小中学校時代を過ごしてきた。

親友と言えるような友達もできて、同じ県内の転居とはいえ、そのときの別れは下関の別れとはまた違うつらいものがあった。

このときばかりは転勤のある父親の仕事を恨めしく思ったものだ。

知子は友達をたくさん持つ性格ではなかった。そのかわり、いったん友達になった人とは深く長く付き合った。

それが生まれながらの性格なのか、転勤の多かった父のせいでたくさんの友達と仲良くしても、やがてまた、じきに別れがやってくることが分かっていたからなのか、そのあたりは本人にも分からない。

子どもの頃はひたすら両親の都合に従い、両親の言うなりにあの地この地を転々とする生活に甘んじてきたわけだが、それは知子の成長にどのような影響を与えてきたのだろうか。

今になって考えてみると少々寂しいことであったり、もったいないことであったりしたのではないかと思う。

友人との別れしかり、せっかく努力して築いた技能や競技などの実績の中断もしかりである。

逆にいろいろな土地で暮らしたことによって、新しい出会いや発見もあったのかもしれないが、総じて失ったものの方が多かったような気がする。

それでも転居して滞在した土地のそれぞれの場所に、親友と言える友達が今も一人ずつはいる。

人生最初の親友は、九歳から暮らすことになったこの向洋という町でできた。悦子という、おとなしいけれど芯のしっかりした少女だった。

彼女とは家が近かったこともあって、学校から帰ってからもよく遊んだ。

彼女は妹二人と弟一人という四姉弟の長女で、面倒見のよいお姉ちゃんだった。母親が病身で無理のきかない体だったので、彼女が頑張るしかないという家庭の実情もあった。妹や弟はまだ幼かったので、一緒に遊ぶというよりはお守りをしていたと言った方が当たっていたかもしれない。妹のいない知子にとっては、それが結構楽しいことに思えた。

彼女自身も右足を病んでいて、あまり激しい行動はできない人だった。

以前、足の親指の裏にできた魚の目を取ってもらったところ、術後にバイキンが入ったのか、足の脛の骨が腐りはじめて、それを取ってもらうとまたその上が腐るというふうで、手術を繰り返していたらしい。そうこうしているうちに、手術をした悪い方の足が健康な足の方よりも伸びて長くなったそうで、知子が出会った頃には彼女はすでに軽く足を引きずっていた。

幼い頃からそんな試練があったためか、彼女はとにかく優しい人だった。どんなときにも怒るということをしない人だった。

そんな善良で気の毒な彼女をさらなる試練が襲った。

聖母マリアを連想させるような優しい母親が亡くなり、彼女は家族にとってますますなくてはならない人になっていったのだ。

彼女と別れなければならなくなったのは、中学二年生の夏のことで、二人はガラスケースに入った小さな一対のこけしを二つ買ってきて、互いに形見として持っておこうと約束した。

あの頃の子どもたちにとって、こけしはなかなか持つことのできない宝物のような存在だった。

悦子にとっては、何の役にも立てなかった知子なのに、それからも彼女は折々に手紙を寄こした。

彼女は妹や弟たちを結婚によって送り出し、父親を看取って、立派に長女としての大役を果たした。

大役を終えて一人になったときには、すでに東京で教員になっていた知子の所へ訪ねてきた。

「私はこんな体じゃし歳もとったんで、いまさら結婚は無理じゃから、司書の勉強をして図書館ででも働いて生きていきたいと思っちょるの。今、日曜日には教会にも通っちょるんよ」

そのときそんなふうに将来を語っていた彼女は、数年して本当に司書になった。その後ずっと後になって、日曜の教会で出会った男性に請われて結婚した。その男性は早くに妻を亡くして一人で娘を育ててきたという苦労人で、その娘が結婚するのを機に彼女に求婚したそうで、彼女は多少照れながらもうれしそうに報告してくれた。

その後彼女は彼の娘にも慕われて、やがて生まれた子のおばあちゃんとして幸せをつかんでいった。

幸せそうな彼女の姿を見ていると、クリスチャンでもない知子の胸にも「神はおわします」という思いが膨れ上がってくるように思われた。

☆

白島に転居して、新しく知子が通うことになった中学校は、広島市の中心地を走る市電通りの中ほどにあって、隣には縮景園（しゅっけいえん）という立派な庭園があった。

この庭園はかつて広島藩主だった浅野長晟（あさのながあきら）の別邸の庭だったが、原爆投下で壊滅状態になり、戦後に庭だけが復元されたのだという。

ここは市電通りから少し奥まった静かな庭園で入園料も必要だったので、小さな子どもたちが遊びに入ることはなかったし、庶民の生活がまだゆとりのある時代ではなかったこともあって、あまり入園者はなく静かなものだった。もっぱらお忍びの若いカップルが散歩する場として利用されているような趣があった。

中学校は洋風建築の大きな校舎で、運動場もとても広く、向洋の学校の三倍以上の生徒数があった。一クラス五十人前後の生徒数だったから、当時としては相当な大規模校だったといえるだろう。

一学年が七クラスあって、運動会などの行事では虹の七色の鉢巻きで組分けがされた。二階にあった知子のクラスの教室の窓は、ちょうど縮景園の中が見下ろせる位置にあって、休み時間にはその窓から庭園内の一部を楽々と見下ろすことができた。

おおかたのアベックは肩を並べて語らいながら、庭園内を一回りして帰っていった。たまに、そっと手をつなぐカップルがいたりすると、中学生たちは胸をときめかせたり照れて小さく声を立てたりした。自分のことのように赤面する者もいた。

男女の自由な交際が始まる、まさに先駆けのような時代だったといえるだろう。

市電の復活といい、明るい街並みといい、美しい庭園といい、遠慮のない若いカップルの出現といい、広島の町はすでに被爆の災害から立ち直って、復興を成し遂げたかのような印象があった。

しかしその反面、街の中では手や足にケロイドのある人をずいぶん見かけたし、学校でも家庭科の先生の右手は指四本が反り返って手の甲の方に焼き付いた状態で、チョークを持つ手が痛々しかった。

たまに友達と銭湯へ行ったりすると、背中にケロイドのある人たちが大勢いた。被爆の瞬間に子どもを抱きかかえて身を伏せたので、大人たちの背中が焼けたのだという。

クラスの中には、一週間に一度必ず「ＡＢＣＣ」に呼び出されて授業を欠席しなければならない人たちがいた。

「ＡＢＣＣ」というのは、アメリカが被爆者の健康状態の変化を検査して、後遺症の調査をしていた研究機関のことである。

街角にはまだ傷痍（しょうい）軍人と呼ばれる人たちが立っていて、汚れた軍服のまま物乞いをする姿があった。

一見幸せそうにしている人の中にも、親を失ったり兄弟を失ったりしている人が多く、広島の町の中心地近くでは、戦争や原爆の後遺症に喘いでいる人たちがまだまだ多いのだということを知子は実感した。

当時「ひろしま」というタイトルの映画製作が始まって、宝塚のトップスターだった月丘夢路さんが先生に扮して、生徒たちと共に逃げまどう場面の撮影があった。知子たち中学生もエキストラとして学校をあげて協力し、被爆時の様子を熱演した。

その頃の優作は、仕事から帰ると油絵の絵筆をとって、原爆投下のときの町の様子を描くようになっていた。

向洋時代には忘れたかのように見えていたのに、広島市の中心地で暮らして原爆の犠牲になった人たちを再び目の当たりにしたことで、悲惨だった戦争をまた思い出すことになったのだろうか。

彼が描いた被爆絵図と、当時の情況を描いた文章とは、今も広島の平和祈念館に保管されている。

☆

中学校の時間外活動で新聞部に入った知子は、その部活動の中で村田辰子という友人に出会った。

放課後の二人は、いつも一緒に取材をしたり原稿をまとめてその批評をし合ったりするようになった。毎月一回の学校新聞の発行に、部員全員が懸命に取り組んでいた。

そんな中で、その村田辰子という人が誰からも尊敬され好かれており、リーダー的な存在であることを知子は知った。

彼女は成績が優秀であるというだけではなく、心が広く、優しく公平な人だった。

知子と辰子の交友は日に日に深くなり、その頃盛んに読まれていた『赤毛のアン』シリーズを二人で読んで、アンの友情やギルバートとの恋の素晴らしさを語り合ったりした。

その他たくさんの本を読んではその感想を話し合った。

互いの家にも遊びに行った。

高校にも当然一緒に進学できるものと思っていたのに、辰子はある日突然、商業高校に進学を決めたと知子に告白した。

「普通高校を卒業しても就職に必要な技能が身につかんらしいんよ。我が家は私が早(はよ)うに就職せんと家族が困るんじゃけん、仕方がないんよ」

大学に進学できるのなら普通高校に進むのがよいが、就職するのなら商業高校に進む方がよいと担任の教師から助言されて、辰子は決心したらしい。

思い返すと彼女は五人姉弟の長女で、知子が辰子の家に遊びに行ったときも、彼女は弟や妹の面倒を見ながら甲斐甲斐しく家事の手伝いをしていた。

辰子の家の経済が特に苦しいらしいとは思わなかったが、四人の弟妹がいることを考えると、大学進学は無理だと辰子自身が覚悟を決めたに違いない。

その当時の広島では、裕福そうな家というのはあまり見られなかったし、生活が苦しいとなれば学費を削るしか道はなかった。いくら学ぶことが好きだといっても、食べることや着ることを止めるわけにはいかないし、家族のことも考えなければならない。

責任感が強く心の温かい辰子は、自ら大学進学を諦めたに違いなかった。

しかし知子にとっても、それは決して他人ごとではなかった。

野中家でも長男が生まれたのが遅かったために、両親は高齢になっていく自分たちの行く末が不安で、元気なうちに優太郎の学資を蓄えておかなければならないと懸命になっていた。

三女の淑子は医者になるのが夢だと言っていたが、両親はそれを承諾しなかった。

長女の紀子や二女の恵子が高等女学校を卒業した際に大学進学を諦めさせた手前、淑子に医学部進学を許すわけにはいかないから「短大までで我慢しなさい」と、香代は淑子に宣告していた。

香代は息子の優太郎を特別扱いすることには何の抵抗も感じないようだったが、娘たち四人の平等な扱いにはかなり気を使っていた。

知子も物理の問題を考えているときが一番幸せで、考えはじめると寝るのも忘れてしまうようなところがあった。

「父に似ているのかな」と思いながら、一生物理関係の仕事に関わっていられたらどんなに幸せだろうと思っていた。

しかし淑子が短大までと言われているのに、物理が好きだからといって、その道に進みたいと知子が言ったところで、許されるはずのないことは分かっていた。

知子も、進学させてもらえるのは短大までだと、すでに覚悟していた。

勉強したい人が思う存分に勉強することができないという問題は、当時は広島に限ったことではなかっただろう。戦争を経験してしまった日本の、その頃のほとんどの人々の身に起こったことだったに違いない。

学制改革があって、女性の教育の門戸が大きく開かれたとはいえ、女性の大学進学を阻んでいたものは、そうした経済的な問題によることが多かった。

さらに、女性が四年間も大学に通っていたら婚期が遅れると考える親も多い時代でもあった。

それにしても、優秀で意欲のある女性が、家族のためとはいえ進学を諦めなければならないという現実を、知子は辰子にとってとても悔しいことだと思った。

こうして優秀だった辰子は商業高校に進み、知子は県立の普通高校に入学した。

戦後七年を経て、アメリカは日本の人々の暮らしに様々な影響をもたらした。

語学の上でも英語の習得に力が入れられるようになっていた。

知子たちの高校受験の年から、広島では英語のヒアリングテストが受験科目に組み込まれた。

7

知子が高校に入学したその春、次女の恵子が結婚して家を離れた。

しかし、次女の結婚を語る前に、長女の紀子の結婚について触れなければならないだろう。

紀子の結婚が決まったのは、野中家がまだ広島の向洋の官舎に居た頃で、知子は小学六年生の終わりを迎えようとしていた頃だった。

その頃の野中家には、知子の珠算の仲間だった佐伯が紀子のマンドリンの先生として通ってきていたし、淑子の英語の先生としての工藤、そして父優作の部下である遠山、たまには佐伯のお供で珠算仲間の田所もやってきていた。

あの頃が野中家の花の時代だったのだろうか。

紀子の夫になった遠山は帝大出の国鉄マンで、当時は優作の部下だったので、野中家には以前からよく出入りしていた。紀子や妹たちともトランプなどをして遊んでくれていた。

それなのに、結婚式を控えた紀子は、誰にも何の説明もしないまま、ひたすら一人で荒れていた。障子や唐紙をピシャリピシャリと乱暴に開けたてしたり、本棚の扉を音を立てて閉めたりした。

それは、これから結婚して新しい家庭を築いていこうとしている人の行動だとは、到底思えないものだった。

小学生だった知子には何のことだか訳が分からず、声を掛けるのも憚られて、ただじっと見ているしか方法がなかった。

それでもやがて春がきて、紀子は特に大きな問題を起こすこともなく、結婚式を終えて家を出ていったし、知子も無事小学校を卒業した。

やがて遠山家には男児と女児が生まれ、ときどき訪ねて来る初めての孫たちを、祖母になった香代は可愛がっていた。

結婚前の紀子の思いがけない事情を知ったのは、その後ずいぶんと長い時が流れて、すでに知子も二児の母になっていた頃のことだった。

その日、佐伯が急死したという知らせがあって、知子はなにはともあれ、遺された家族に香典を送った。

というのも、珠算の仲間だった佐伯と知子は、ずっと年の初めや暑中見舞いなど折々に便りをするだけになっていたが、つい二カ月前くらいに広島で再会を果たしていた。広島に住んでいる二女の恵子の家に家族で遊びに行き、その際に偶然佐伯と再会したのだ。

恵子と佐伯とは同じ広島市内に住んでいたため、何かと連絡を取り合っていたそうで、その日佐伯は、知子一家の広島市内観光の案内役を自ら買って出たらしい。

兄のように思っていた佐伯だったのに、あれがお別れになってしまったのかと思うと知子はとても切なかった。

しばらくして、彼の息子だという人から電話があった。

その人はお礼の言葉の後に父親の最期の様子を語り、ふいに声を落としてこう言った。

「大変失礼ではございますが、もしや、貴女様が父と結婚していたかもしれない方でしょうか?」

知子は突然の、あまりに意外な質問に戸惑って、しばらく声をなくしていた。

そして突然脳裏に浮かび上がってきた幻影に我ながら驚き、震える声でこう言葉を返した。

「すみません。それは私ではありません。多分、私の姉のことではないかと思います」

そう答えると、その人は恐縮しながら電話を切った。

歯切れの良い透き通った声の余韻が、知子の耳の奥に残っていた。

佐伯の息子から電話があった頃の紀子の一家は、すでに二人の子どもも成人していて、夫の遠山は定年を迎えるような年齢になり、一家は問題もなく暮らしていた。

それなのに、知子が佐伯の息子からの質問に紀子の姿を思い浮かべたのは外でもない、結婚前の紀子の荒れていた姿をふいに思い出したからだった。

それに続いて思い出したのは、夕暮れ時に紀子と佐伯が並んで椅子に座ってマンドリンを奏でていた、影絵のように美しい光景だった。

あの頃の知子はまだ幼くて、男女の心の機微などに知識も関心もなかったから、先生と生徒の姿として何の不思議も感じなかったのだが、思えば年頃の男と女が二人並んでマンドリンを奏でている風景は、切なくも美しい光景であった。

真面目で律義で温かい人柄の佐伯を、両親も気に入っていたはずだった。それでも優作の後継者となり、やがては優作を越えていくはずの帝大出の遠山を、両親は多分、紀子の夫に選んだのだろう。

佐伯と紀子の心の交歓がどのように行われていたのか、知子には知る由もない。けれども、昭和二十五年前後の、男女の自由な交際などは封印されていたような時代に、真面目な佐伯と紀子の間に具体的な交渉があったとは思えない。二人はプラトニックな日々の中で、何とかして周辺の理解を得られないものかと思案しながら苦しんでいたのだろうか。

荒れていたあの頃の紀子は、両親の勧めに逆らうことができず、襖や物に当たり散らして鬱憤を晴らしていたのだろうか。

両親は佐伯と紀子の気持ちを知りながらも、あえて、より将来性のある婿に紀子を嫁がせたのだろうか。

紀子は野中家の中で両親に次ぐ権力者であり、四女だった知子などには口答えもできない存在だった。それなのに、そんな紀子にも哀しい思いをした過去があったのかと、しばし胸を突かれる思いで知子は座っていた。

穏やかで細やかで、面倒見のよい、若かりし頃の佐伯の姿が、大写しになって知子の目の前にあった。

それにしても佐伯は、どんな気持ちでどんな言葉で、成長した自分の息子に若い頃自分が愛した女性のことを話したのだろうか。

知子はそれを知りたいと思った。

知子が高校に入った年に結婚した二女の恵子についての知子の印象には、子どもの頃のなんとなく暗い寂しいイメージがつきまとっている。

知子がまだやっと物心がついた四、五歳の頃、母や長女は三女の淑子のことを素直で優しい子だと認めていて、とても可愛がっていた。事実、淑子は優しいし、よく家の手伝いをする感心な娘だった。

体が岩のようだと言われるほど頑丈で元気だった知子と違って、淑子は風邪をひくことも多く、ヒーヒー言いながらも母親や姉たちの役に立とうと懸命に手伝いをするようなところがあった。

「淑子は、本当に良い子よねえ」

母親や紀子がそんなふうに褒めれば褒めるほど、淑子はいつも良い子でいなければならないと無理をして、自分を追い込んでいるようにすら、知子には見えた。幼いながらに気の毒な気がしていたものだ。

一方、知子はと言えばチャッカリと「だって、私はまだ小さいんだもーん」と、勝手を決め込んで平気で怠けているようなところがあった。

淑子は気が優しいだけではなく、小学校に上がってからもテストでは百点以外は取ったことがなく、通知表はいつも全優だった。

おかげで知子が三年後に小学校に入学したときには、「あなたは、あの優秀な野中淑子さんの妹さんなの？」と先生たちが声を掛けてきたので、怠け者の知子としては気持ちの負担になったものだった。


長女の紀子は自分自身の才能にも自信があって、頭が良くて働き者で素直な淑子が大のお気に入りで、彼女ばかりを可愛がっていた。

その被害者だったのは多分、二女の恵子だった。

恵子は難聴で、それが原因で学校の成績があまり芳しくないようだった。紀子も母親の香代も、そんな恵子をいじめたわけではないが、母親からも姉からも、褒められたり頼りにされたりしないことが恵子にはつらいことであったに違いない。

そんな家族の様子を肌で感じていた知子は、幼いながらに「私はいつも恵子姉ちゃんの味方になって応援してあげよう」などと、ませたことを考えていた。

おそらく、「褒められたり可愛がられたりしない者同士、助け合わなければ」という気持ちだったのだろう。

そんな知子の感情が以心伝心で伝わったのか、恵子は、幼くて頼りになるはずもない知子によく愚痴を言って聞かせた。

「紀子姉ちゃんが外からもらってきた風邪が私に感染して、それをこじらせたためにひどい中耳炎になってさ、手術までしたのよ。その結果、難聴になってしまったというのに……」

そういえばその手術のときに、母の香代がひどく取り乱していた話を、知子は淑子から聞いたことがあった。

「この手術で恵子に何かあったら、私は生きていられない」

そう言って、高熱の恵子を抱き締めて母が泣いていたという話だった。

それは知子がまだ四歳になった頃のことで、その手術のときの記憶は知子にはあまりなかったが、後でこの話を聞いて、母親が子どもを思う気持ちってすごいのだなと思った記憶はあった。

恵子はハツラツとした美人とは言えなかったが、四人姉妹の中では一番おっとりとした気性で、日本人らしい容姿をしていた。

芝居が好きで、幕引き係でもいいから芝居の世界で生きていきたいと父や母に頼んだりしていた。

年頃になった彼女は、女らしい淑やかな容姿が気に入られて、周囲の男性たちにモテていたようだったが、淑子に英語を教えに通ってきていた工藤に申し込まれてあっさりと結婚を決めた。

「耳が悪いことを承知でもらってくれる人なら、安心でしょう」という香代の言葉に従ったのだ。


結婚して六、七年が経過した頃、工藤は現地の人たちに自動車製造の技術指導をするために、会社からインドに派遣されることになった。

恵子夫婦にはすでに女の子と男の子がいたので、一家四人でインドへの旅立ちになった。

まだ海外出張や長期の海外赴任などは珍しい時代だったので、両親も姉妹も心配したが、恵子は嫌がる風もなく、夫に従ってインドへ渡っていった。

六年ほどして帰って来た恵子は、すっかり立派な主婦になっていた。

その上とても明るい女性になっていた。

子どもたちも大きく成長していて、見違えるように頼もしい一家になって帰って来たのだ。

恵子の話によると、インドでは食事、清掃、洗濯、育児など、それぞれの家事に担当者がたえず五、六人出入りしていて、奥様である恵子の指示に従って家事をこなしてくれるという生活であったらしい。

日本の家庭生活とは大きく違った暮らしをする中で、人の扱い方や、気持ち良く働いてもらうための心遣い、そして人を束ねて自分の思うように働いてもらうための知恵などを少しずつ身につけていったに違いない。

恵子はリーダーらしい自信と寛容さと機敏さを身につけて、別人のような女性になって帰って来たのだ。

知子は変身を遂げた恵子をまぶしいような思いで見つめながら、人が生きていく環境の大切さを思った。そして恵子の中に眠っていた底力の大きさにも感嘆したのだった。

☆

知子が高校二年生になった夏、また、父優作に転勤の辞令が下りた。

今度の勤務先は大阪だった。

淑子は広島の国立短大に入って二年目を迎えていたので広島に残り、結婚して当時広島在住だった姉の恵子の家に置いてもらうことになった。

淑子には中学時代から宮野という同級生がいて、彼と淑子は広島一の名門と言われていた県立高校に合格して三年間の高校生活を一緒に過ごした。だから二人は、中学高校の六年間同じ学校に通っていたことになる。

その後、彼の方は東京の有名大学に進学して広島を去ったけれど、二人の間ではすでに将来を誓い合う暗黙の了解が出来上がっていたように知子には見えた。

その後の二人の交流はもっぱら郵便に頼ることになったが、それはむしろ二人にとって好都合だったのかもしれない。研究者を目指していた彼の方は、まだまだ学問の世界での長い道のりがあったし、淑子には教育者になるための多忙な生活が待っていた。

国立大の短期の教職課程というと一般には少々軽い感じがするのだろうが、これがなかなかの難関コースなのだ。

国立大に二年課程の教育学部があったのは、その頃だけで、後に知子が受験をした昭和三十一年頃には小学校課程のみとなり、その一、二年後にはそれも廃止になった。

普通なら四年かけて学ぶ内容のおおかたを二年間でマスターするわけで、採用試験の受験に際しても、四年制卒業と二年制卒業との区別はなく、同じ試験の成績で当落が決まるのだから、二年課程の学生にはぼんやりしている暇などないのが現実だ。

研究者を目指して単身で生活し、学んでいる宮野も大変なら、二年間で中学校教員資格を得ようとしている淑子にも時間は貴重なものだった。

いずれにしても二人はそれぞれに成すべきことを着実に実行して、焦らず自分たちの人生を築いていこうと考えているように見えた。

そんな淑子を広島に残して、両親と知子と優太郎の四人は大阪に転居することになった。

☆

県立高校から府立高校への転校は編入試験を受けなければならず、しかも選択教科の調整もあるため、知子はかなり大変な思いをした。

その試験のために大阪へ一人で行った日、知子は香代の二番目の弟である叔父の家に世話になった。

大手商社の重役になって大阪で暮らしていたこの叔父には、三人の可愛い娘と女優のように美しい妻がいた。小学二年生を頭に二歳と三歳違いの三姉妹は、可愛い洋服を着たまさに人形のように可憐な女の子たちだった。

美しい叔母が真っ白なテーブルクロスの上に並べてくれた料理を、知子は慣れないフォークとナイフを必死で操りながらご馳走になった。

後に母の香代が牛のフィレステーキだったのでしょうと教えてくれたが、そのときには、初めて食べるその柔らかくておいしいものの正体が知子にはまったく分からなかった。

時折、母の香代が自分の弟たちの暮らし向きを噂して、羨むようなことを言うことがあったが、なるほど叔父一家の生活には野中家の生活とはかなり違うものがあった。

それまでの知子には、ほとんど官舎の人たちの暮らししか見る機会がなかったから、よその人はみんな自分たちと同じような生活をしているものなのだと思っていた。

だから、こんな暮らしもあるのかと大いに驚いたものだった。

その後、編入学をした高校で一年半を過ごした知子は、小学校教員になる決心をして教育大の二年課程に進学した。

卒業するにあたって、教育実習が実施されたときのことだ。

全員で一カ月余りの実習に通った教育大の附属小学校に、この叔父の家の三姉妹の上の二人が在籍していた。

知子は指導教官の指示で初日に教生代表として、朝礼で全校児童への挨拶をした。

その場にい合わせた二人の従妹たちはすっかり感激して、

「お姉ちゃんって偉いのね。毎年、教生の先生のご挨拶は、成績が一番の人がするのですもの」

そう言って知子のことを褒めちぎった。それからは「お姉ちゃん先生」と呼ぶようになり、慕われた。

幼い従妹たちに褒められて、単純に喜んでいる自分を幼稚なことだと思いながらも、知子はしみじみうれしいと感じた。

過去のあれこれを思い起こしてみても、自分が努力して勝ち得た成果について、家族から これほど感動し、褒められた経験は、未だかつてないような気がしていた。

「人を褒める」ということの値打ちを、いまさらながらではあるが、この従妹たちに教えられた思いで、知子はその反応に感謝したのだった。


この頃、幼い頃に父から聞かされていた日下部先生という人物に会ってみたいと思うようになっていた。思い起こすたびに彼の信念や並はずれた行動力への感動は大きくなっていった。この人がいなかったら、父優作の才能も努力も実ることはなかったに違いない。

自分自身も教育者になろうと決めたとき、「日下部先生に会いたい、会わなければならない」という思いが知子の心に、にわかに浮かび上がっていた。

優作に話すと、彼は悲痛な表情になり重い口を開いた。

「戦後の処理作業がやっと終わって少し時間が取れるようになった頃、日下部先生のことが気になって、どれほど探したかしれないんだ。あらゆる手づるを使って調べてもらったのだが、とうとう先生の消息はつかめなかった」

「先生には、もう夢の中でしか会えない」

優作はそう言って、小さな目をしばたたいた。

知子の胸に温めていた日下部先生との会合の夢は、こうして閉ざされた。

☆

遡って、知子が高校二年の夏に編入試験を受けて入った大阪の高校では、三年生になると、大学進学に備えて文系クラスと理系クラスが一クラスずつ選抜で編成された。

知子は理系クラスに決まったが、そのクラスに女子は三人しかいなかった。

その中の一人である豊橋という女子は、廊下を歩くときにも英単語なのか化学記号なのか知らないが、口の中でブツブツ言っているような勉強熱心な人で、同じクラスにいる他の二人の女子などには関心も何もないというふうで、独立独歩の行動をしていた。さすがに優秀で、テストのたびに貼り出される学年五十番までの順位表の中に、彼女はいつも入っていた。

もう一人の久保田淳子という女子は、父親が銀行の偉い人で、知子と同じようにこれまで転勤転居の多い生活だったようで、彼女も二年生の初めに九州の高校からこの学校にやってきた編入組だった。知子より一学期だけ早く編入したというのに、彼女はすでに学校の主であるかのように堂々としていた。

彼女は大柄でノッポで飾らない人だった。

自宅も知子の家と近く、気さくで太っ腹だった彼女の母親には、その後ずいぶん世話になることになった。

いつ、どのようにして知り合ったのか知らないが、同じ学年の別のクラスにいるボーイフレンドと一緒に、他人の噂などどこ吹く風で連れだって登下校していた。

相手の男子も体格のよい大きな人で、なかなかのお似合いだったし、目立ってもいた。

理系クラスの男子たちが、こんな三人の女子たちをどのような目で観察していたのかは分からないが、女子たち三人は大勢の男子たちを尻目に、いつも最前列に陣取って授業を受けていた。

授業中男子たちのおしゃべりがうるさいときなど、知子が振り返るだけでぴたりと静かになったから、女子たちは案外一目置かれていたのかもしれない。

一学期が過ぎた頃のことだった。

知子が通学に利用していた阪和線の駅で、毎朝きまって知子に声を掛けてくる男子生徒が現れた。

「あれっ、今日も一緒になりましたね」

などと偶然を装っていたけれど、決して偶然などでないことはすぐに分かった。

文系クラスだった彼は話に淀みがなく、理系クラスの男子たちに比べると明るくスマートで陽気な印象があった。

学校に着くまでの小一時間、知子を飽きさせないようにとでも思うのか、様々な話題を展開して聞かせた。それは文学論であったり時事問題であったり校内の行事の話題であったりした。

彼は背も高くスラリとしていて、色白で繊細な感じのする人だった。

その彼との通学の日々が一体どのくらい続いたのか、一カ月余りだったのか三カ月足らずだったのか、まったく思い出せないが、ともかく卒業の頃には終わっていた。

その頃の知子は、スマートさや完璧さや格好良さを気取っている人が好きではなかった。男性であっても女性であっても、悩み、焦り、苦しみ、そんな煩悩と闘っているような人に魅力を感じていた。

読書の対象も、文学よりは評論や哲学書に向かうことが多かった。

自分の考え方が世間に通用するのか、どのように評価されるのかを、確かめたいような焦りに取りつかれてもいた。

『高校時代』という月刊誌やＮＨＫの朝のラジオ番組だった『私たちのことば』などに投稿して、その反応を知りたいと思ったりしていた。『高校時代』の読者たちからは様々な感想や意見が寄せられて、楽しかった。


三年生の二学期末になって、物理の期末テストの結果発表があった。

担任教師は「満点は、学年で野中知子ただ一人」と、わざわざ皆を鼓舞するような発表をした。

一瞬クラスの空気がピリリとして静寂に包まれたように感じたが、別にどうということもなく、その日は終わった。

翌朝、知子が登校して教室に入ると、黒板に大きな字で「足はだいこん、頭はてんさい」と書かれていた。

教室に入って来た知子を見て、男子生徒たちは一斉に下を向いて静かになったから、噂をしていたのか笑っていたのか、いずれにしてもその板書を見ながら面白がっていたに相違なかった。

知子はとっさに、私の足は確かに大根足だけれど「頭は天才」というのならマア許してやってもいいか、などと胸の内で考えて知らぬふりをしていた。

ところが久保田淳子が、突然隣で感心したように大きな声で言ったのだ。

「足は大根、頭は甜菜(てんさい)かぁ。なるほどなあ、甜菜はデカイもんなあ。うまいこと言うやんか」

言われてみれば、確かに知子の頭は他の人に比べて身長の割に大きい。

わざわざ「だいこん」と「てんさい」とを仮名で書いたところに、犯人の容易ならざる魂胆も垣間見えた。

知子にはそれが誰の書いたものかとっくに分かっていたので、その人物が淳子の発言を聞きながら陰でほくそ笑んでいる姿が目に見えるようだった。

その人物というのは、父親が大学教授だというから、本人にもそれなりの能力があるのだろう、試験のたびに貼り出される順位表に彼も大抵名を連ねていた。それでもいつも飄々としてフラフラしており、他人にチョッカイを出しては喜んでいるような不思議な人物だった。

彼のいたずらはこれに限ったことではなく、学校中の出来事に興味津津で、人の発言に茶々を入れて楽しんだり、善人ぶったり悪人ぶったりして、それに対する他人の反応を観察しては喜んでいるようなところがあった。

久保田淳子の方にも他人の気持ちを斟酌(しんしゃく)しないような、あっけらかんとしたところがあったが、彼も彼女も憎めない人物ではあった。


淳子は、めっぽう気前の良い人でもあった。

というのも、知子は広島の向洋時代には足が速いことで有名で、陸上競技の選手として活躍していた。中学一年生のときには国体が広島で開催されたこともあって、短距離走者として出場したこともあった。けれども向洋を離れてからは、すっかり陸上競技とは縁が切れてしまっていた。

ところがこの高校に来て、運動会で走る知子の姿を見た友人たちが、いつの間にか「駿馬」というあだ名をつけて知子を呼ぶようになっていた。

それを知った淳子はわざわざ「駿馬」という銘のついた青銅の馬の像を買ってきて、

「記念だよ」と言ってプレゼントしてくれた。そんなことをあっさりとしてしまう人だった。

高校卒業後もずっと仲良く行き来し、よく遊んだ。中学校の理科の教師になった姉の淑子の世話で、中体連という中学体育連盟の先生たちと、彼女と一緒に、大台ケ原にも登った。

その山はずっと女人禁制だった緑深い厳しい山で、知子は彼女とたくさんの珍しい体験をした。

8

知子と優太郎の大阪の転校先が決まり、家族の新しい生活が落ち着きを見せはじめたところで、優作は心を決めて鹿野へ向かった。

フデはもう七十代も半ばを過ぎている。

今度こそ家族に合流して、安心した老後を過ごしてもらわなければならない。フデが元気でいてくれることをよいことにして、これまでずっと一人にしてきてしまったことが、急に取り返しのつかないことをしてしまったことのように思えて、優作の気持ちは逸った。今度という今度は、フデが何と言おうと見過ごしにはできない。絶対に家族の元へ連れて来なければならない。そう思っていた。

大阪に住むことになってみると、なんとしても故郷の鹿野は遠かった。まさかのことがあったとしても、駆けつけることが難しい距離である。

列車に揺られながら優作は、いまさらのように、親不孝を続けてきた自分を責めていた。母の優しさ、強さに甘えて、自分だけが自由な人生を歩ませてもらったという思いが優作の心を責め立てていた。

「どうか神様、私に母への恩返しをする時間を、親孝行のできる時間を与えてください」

そんな子どものような願いを、真剣に胸の中で唱えていた。

徳山から鹿野に通ずるバスは相変わらず本数は少なかったが、バスの車体は少し大きくなって、以前のように激しい縦揺れはしなくなっていた。道路の方も少し改善されていたのかもしれない。

鹿野に降り立った優作は、まず川村家に立ち寄った。

優作が勉学のために東京へ向かうことになって、母フデのことを頼みにいったあの日、若い嫁であったミヨも今は川村家の堂々とした主婦である。

お世話になっていることへの礼を言い、また大阪に転勤になった旨の報告をした。そして早速、フデの最近の様子について尋ねた。

「近頃の母の様子はどんなものでしょうか。ずいぶんとお世話やご迷惑をおかけしているのでしょうね」

そう話しながら、すっかり老けこんでしまっているミヨの姿に、優作は衝撃を受けていた。

あの日から自分は、何度母の元を訪ねてきただろうか。そして世話になっているこのミヨを幾たび訪問しただろうか。初々しい新妻だったミヨのあまりの変わりように、いまさらながら長い時間の経過と、これまでの様々な出来事を思った。

勉学に明け暮れた六年間は、多忙と倹約のために郷里へ帰ってくることさえできなかったけれど、就職してからは折に触れてできる限りの帰郷をしてきたつもりだった。淑子と知子が食糧疎開で鹿野へきたときも、一度は付き添ってやって来た。

しかしここしばらくは、自分自身の仕事のことや、子どもたちの成長による諸々の事情で、すっかり無沙汰を決め込んでいた。

ミヨはフデより五歳は若いはずだった。そのミヨがこれだけ老けてしまったのだから、フデはもっと老いてしまっているに違いない。

生活の変化や忙しいことにかまけて、自分は大切な母親がこんなに老いてしまうまで一人ぼっちにしてしまっていたのだろうか。

そんなふうに自分を許せないほどの後悔が胸に突き上げてきた。

「まンだ、自分のことは、自分でやっちょりんさるけンど、まぁ、はぁ年じゃけんねぇ、辛かこつも、心細かこつも、ありんさるやろうねぇ」

ミヨはあくまでも双方に同情的で、どちらも傷つくことがないようにと気遣いながら、フデの日常を遠慮がちにそう説明した。

「本当に長い間お世話になり、済まんことでした。大阪は少々遠い所ですし、今回は母が何と言おうと連れて行きたいと思っています。後始末には改めて来ることにして、今回は取りあえず母を連れて帰ろうと考えておりますので、どうぞよろしくお願いいたします」

優作はミヨに何度も何度も頭を下げた。

本当にこの人がいなかったら、この家族がいなかったら、フデの生活は成り立たなかったはずだ。

東京近辺を移動しながら電気関係の仕事に明け暮れた十数年、その後管理職になって家計は安定したものの、戦争があり、下関から広島へ、そして大阪へと、一家には落ち着くことのできない生活が続いた。いつも気には掛けながらも、致し方なくフデを一人にしてきた優作だった。

家族が増え、戦争もあって、転勤のたびに子どもたちの転校手続きと転居があって、生活はずっと落ち着くことがなく、多忙を極めてきた。だからといって、年老いた母を一人にしてきたことの言い訳にはなるまい。

自分のこれまでの人生が許されることのない親不孝なものであったように思われて、優作の心は打ちひしがれた。

やっと母の家の横を流れる小川の橋の上に立ったとき、優作の胸に強烈な懐かしさが甦った。清流が昔のまま目の前にあった。水は変わらぬ清らかさを湛えて流れていた。

「あぁ神様、母を守っていてくださり、ありがとうございました」

胸の奥から溢れ出るような感謝の気持ちだった。母が元気でいてくれなかったら、自分は今どれほどの悔恨の思いに苦しまなければならなかっただろうかと思った。

☆

昭和三十年代の国鉄は、ただ人や物を運ぶという利便性だけではなく、美しさや速さの向上を求めて、現代の姿にもつながるような近代的な車両が次々と産声を上げていた。まさに国鉄の輝かしい発展の時代だった。

当時の山陽本線は、神戸駅を終点とする東海道本線を西に延長するかたちで、岡山、福山、広島、山口、下関など、瀬戸内海沿いの主要都市を経由して、北九州の門司に至る路線のことを言った。

この山陽本線の電化が始まったのは一九六二年（昭和三十七年）の五月のことで、最初に三原と広島の間で実現された。

優作がフデを伴って鹿野から大阪の家へ帰ってきたのは昭和三十年の夏のことだったから、まだ電化は始まっていなかった。従って今のように快適な旅といえるような情況ではなかった。

騙しだましながらフデを伴って、鹿野からバスで徳山へ、そして列車で大阪へ、さらに阪和線の電車に一時間近く揺られて、優作とフデは鶴が丘にいる家族の元へ帰って来た。

「みんなが会いたがっているから、顔を見せに行こうね。旅は長くて大変だろうが辛抱してよ。母さんだって、みんなに会いたいだろう？　淑子や知子もとても会いたがっているんだよ。知子は大阪の高校生だし、淑子は大阪で中学校の先生になることが決まっているんだよ」

優作はそんなふうに言い聞かせて、ようやくフデを納得させた。

列車に乗ってこれほど遠くへ行くことなど、フデにとっては本当に初めてのことだったが、優作の勧めに従って大阪の家に行ってみようと決心した時点で、フデは優作の言う通りに旅を完結しようと心に決めていた。

優作の方は各所でお手洗いに行かせないと、フデにはお漏らしの可能性がありそうな気がしたし、食事もきちんとさせなければ急に空腹を訴えられても困る。まさに気が気ではなかった。

夢中というのはこういう状態のことを言うのだろうと思うほど、フデを伴った旅は神経を使い、体を使う旅になった。

フデをひたすらいたわりながら、優作は必死で長い旅をやり遂げた。

朝早く鹿野を出発したのに、大阪の家に着いたのは夜の八時を回っていた。

フデの体がこの長旅に耐えられたことが、むしろ優作にとっては驚きだった。若い自分がこれほど疲労しているのに、フデは意外なほどシャンとしていた。

鹿野は自然豊かな土地だ。水がいいし空気がいい。太陽は燦々と降り注ぐ。人々は汚れのない心を持ち、思いやりに満ちている。そんな中で畑仕事一筋に生きてきたフデの体は、優作が考えるほどには衰えていないのかもしれない。そう思うと少しうれしかった。

家族の歓迎を受けて、ひとまずフデは機嫌よく眠った。

☆

二階の日当たりの良い部屋がフデの部屋に決まり、小さなタンスと小さなテーブルが置かれた。

フデと香代とはずいぶん久しぶりの対面であったし、五年生になった優太郎とは彼が生まれたとき以来の対面であった。

だから優太郎とは初めての顔合わせだといっていいような孫なのに、フデにはなぜか無性に彼が懐かしく思えるようで、優太郎を見てはニコニコしている。

考えてみると、息子の優作がフデの元を旅立ったのが今の優太郎くらいの年頃だったわけで、優太郎の姿が子どもの頃の優作の姿と重なって、懐かしく感じられているのかもしれなかった。

優作夫婦の心配をよそに、フデはしばらくは毎日を楽しそうに過ごしていた。

しかし実のところ彼女は、十日もすれば優作がまた鹿野まで送ってくれるものだと思い込んでいた。

ところが一向にその気配がない。優作は毎日朝早くから仕事に出かけてしまって、暗くなるまで帰らない。

フデにとって、優作をはじめとする家族と一緒の暮らしは明るく楽しいものではあったが、それが一週間二週間と過ぎていくと、鹿野の家のことが気になりはじめた。それに楽しいとはいえ、大阪での暮らしは何もかもが経験したことのない生活で、フデにとっては不可解なことが多く、落ち着かなかった。

家の中で階段を上がったり下りたりすることからして初めての経験だったし、夜になると地面についていない二階の部屋で眠ることに不安もあった。

朝になって明るくなると不安は消えたけれど、窓から見える景色は、三角や四角の屋根が連なっているばかりで、見えるはずの山も見えない。空は小さく、川もない。畑もない。屋根ばかりが続く見知らぬ世界があるだけだった。

鹿野から出て生活をしたことのないフデの、そうした落ち着かない心情は無理もないことではあった。

畑仕事をしたいと思っても庭には植えこみがあるばかりで、鍬を振るう場所などはありそうもない。働き者のフデが力を発揮できることは何もなかった。

優作や家族が良かれと思って準備した生活は、フデにとっては残念ながら、うれしいというよりは苦痛なことの方が多かった。

フデにとっては、体を自由に動かすこともできない檻のような所へ、閉じ込められたように思えるのだった。

そして三カ月近くが過ぎた頃、とうとうフデの堪忍袋の緒が切れた。

身の回りの物を包んだ風呂敷包みを二階からポーンと階下に投げ落として、

「ちょいと、鹿野にいんでくるで（帰ってくるから）」

と、真面目な顔で香代に訴えた。

その日は香代が、あの手この手でフデの気持ちをとりなして思いとどまらせたけれど、その日からフデは一日一回は鹿野へ帰ろうと企てて、階段の上から荷物を投げ落として家の者を困らせた。

もしも一人で家を出てしまったら大変なことになる。

鹿野に帰れるはずのないことはもとより、大阪駅までもたどり着けはしないだろう。家族は交代でフデから目を離さないように気をつけなければならなかった。

とはいえ、優作には仕事があったし、高校二年の知子も小学五年の優太郎も、一日中留守になるわけだから、香代の負担だけが大きなものになった。

そんなある休日、知子がフデの様子を見るために部屋をのぞくと、フデは正座して真面目な顔でラジオの話に聞き入っていた。フデの気持ちが少しでも紛れればと考えて、優作がラジオを買ってきてフデの部屋に設置したのだ。

フデが聞いていたのはニュース番組で、話はいかにも難しい内容だったので、そんなものを真剣に聞いているフデがおかしくて、知子は思わずニッと笑いながらフデを見守っていた。

放送が終わったとき「以上、青木がお伝えしました」というアナウンスが流れた。

すると、それを聞いた途端に驚くことが起こった。

フデが見違えるような素早い身のこなしで立ち上がり、その小さなラジオに駆け寄ったのだ。

そうしてラジオを平手でたたきながら叫んだ。

「青木さん！　青木さーん！」

まるで青木さんに助けを求めてでもいるかのような悲痛な叫びで、ラジオの中の青木さんを呼び続けるのだった。

鹿野に青木さんという名の知り合いがいたのだろうかと、知子は思った。

鹿野へ帰りたいと思う痛切なフデの気持ちが察せられて、思わず泣き笑いになりながら、知子はフデを抱き締めた。

☆

それから更に三カ月あまりが過ぎ、淑子が大学を卒業して、広島から家族のいる大阪へ帰って来た。

大阪市の中学校の教員として就職も決まっていた。

しばらくぶりにフデに会った淑子は、フデに自分のことを思い出してもらおうと、一心に自分の説明を試みた。

優作の娘であること、知子の姉であること、鹿野での思い出話など、熱心に話しかけるうち、フデの表情にポッと親しみの表情が浮かんだ。

ずっと昔に鹿野へやってきて一緒に過ごしたことのある孫娘であることを、きっと理解したのだろう。

知子も茶目っ気を出してフデをテストしてみる。

「ねえ、おばあちゃん。私の名前、何ていう名前か知ってる？」

知子がふざけた様子で顔をのぞき込むと、フデはニヤニヤしながら、それでもきっぱりと答えた。

「そりゃあ、分かるいねぇ」

「分かる」というばかりで、「知子じゃろうが」とは言ってくれない。

それでもフデの表情を見る限り、孫娘だと認識していることは間違いないと知子は思った。

「ねえ、おばあちゃん。私は誰だか分かる？」

淑子もすかさずフデの前に顔を突き出して、自分をしっかりと思い出してもらおうと頑張った。

フデは二人の顔を代わる代わる眺めながら、うん、うん、と穏やかな顔でうなずいた。

淑子と知子という名前は忘れているらしいが、フデの表情からは明らかに二人を認識して、懐かしい感情を抱いていることがうかがえた。

その日から淑子と知子は少しでも時間があれば、フデを相手に鹿野の思い出話をするようになった。

鹿野が好きで鹿野に帰りたいフデの心情が、二人には分かり過ぎるほど分かっていた。

「おばあちゃん！　あの頃、川村さんちでお風呂をもらってさ、帰り道は三人で手をつないで帰ったわね」

「鹿野の空は大きくてさ、こーんなに広くてさ、星がたくさんあったわね。本当にきれいな空だったなあ」

果たしてフデの表情はみるみる明るくなった。

「みんなで歌も歌ったわね。どんな歌を歌ったっけ。おばあちゃん、覚えてる？」

フデは口をもぐもぐ動かして、

「お手ぇ手、つないで、野道を行けば……」と、歌った。

昔、自分たちと歌った歌を覚えていて、それを歌うことができたことから、フデにはまだまだ力が残っていることが分かって、淑子と知子は、うれしかった。二人は思わず手をたたいてフデを褒めた。

「山も、きれいだったわねぇ。とても逞しくて、威厳のある美しい山だったなあ」

「お別れのときは、いつもありったけのお米をリュックサックに入れてくれたから、おばあちゃんの食べるものがなくなるって、私たちは心配したのよね」

フデはそれを聞いて、ウン、ウン、とうなずきながら思い出の中をまさぐっているように見えた。

「お別れのバスで、私たちは泣いて手を振ったのに、おばあちゃんは少しも泣かなかったわね」

「そう、おばあちゃんって、なんて強い人なんだろうって、二人でいつも感心していたのよ」

二人の話を、フデは遠い目をして一心にうなずきながら、目を細くして懐かしそうに聞いていた。

そんなときのフデはとても従順で、汚れのない子どものように可愛くて、頬ずりをしたくなるような無垢な表情をしていた。

働き盛りだったフデと幼かった孫たち、そして今、老いが進んでしまったフデと若く頼もしく成長した孫たち。今では立場が逆転してはいるけれど、紛れもなく心の通い合う肉親同士の姿がそこにあった。

☆

自分の人生を全うしたとき、人は心も体も再び子どもに還るのだろうか。

あれほどしっかり者だったフデが、自分自身の身を処すことが日々できなくなってゆく。気丈で優しかったフデの、こんなにも哀しい老いの姿を見なければならないことが、家族には辛かった。

これまで病気というほどの病気をしたことのないフデだったが、環境が変わった心労から老いが加速したのだろうか。

欲も汚れもなく、純真無垢な子どものように家族に甘え、家族の言うなりになってひたすら生きているようだった。しかし、心の中では日々取りとめのない不安に喘いでいたのかもしれない。

フデが、その寂しさを紛らわす助けになるのならと、淑子も知子もせめてたくさんの思い出話をしてあげたいと思っていた。

けれども、淑子は新米教師の身で忙しかったし、知子は高校三年生で受験を控えていたので、現実はなかなか思うようにはいかなかった。

そんなある日二人は、また夕食の後の短い時間を使って、フデを相手に鹿野での思い出話を始めた。

「小川の、あのきれいな水で、お米もお野菜も手も足も、みーんな洗ったわね」

これまで二人はずっと、祖父の話と墓参りの話はしないようにしてきた。

しばらくお墓参りをしていないことをフデが思い出して、行こうと言いはじめたら困ることになる。

それなのに、知子がうっかりと口をすべらせた。

「おじいちゃんの、お墓参りにも毎日三人で行ったわね」

案の定、その思い出話にフデが表情を変えて反応した。

二人はあわてて話題を変えた。

「鹿野の朝の空気はひんやりしていて、体の中まできれいになるような、おいしい空気だったなぁ」

水や空気や米や野菜の話を、手当たり次第という感じで話し続けた。

しかし、そのときフデはポツリと言った。

「おう、そうじゃ。杉作さぁが待っちょりんさる（待っておられる）」

二人が心配していたのは、フデが「おう、そうじゃった。杉作さぁの墓参りをせんにゃあ（しなければ）」という言葉だった。

けれどもフデはそうは言わないで、「杉作さぁが待っちょりんさる」と言った。

そして杉作が待っているという思いは、その日からフデの心の中で日々大きく膨らんでいくようにみえた。

知子たちが鹿野の思い出話をして聞かせても、だんだんと無表情でいることが多くなっていった。

そして、「杉作さぁが、待っちょりんさる」というその言葉だけを、妙にはっきりと口にするようになっていった。

フデが夜空の星を見上げてじっとしているようなときには、杉作の星を探しているのだろうかと思って、二人は声を掛けないままフデの姿を見守った。

家族で暮らしはじめて二年足らずで、願いも虚しくフデは他界した。

☆

フデの葬儀は、家族と優作や香代の知人たちが参加して、しめやかに行われた。

フデ自身が慣れ親しんで暮らした、遠い故郷の人々には見送ってもらえないことがフデのために哀しかった。

お別れのために開けられた棺の中のフデの顔は、穏やかで優しい顔をしていた。

この人がいなかったら、優作はいなかった。そしてもちろん、自分たち五人の孫もこの世にいなかった。

この人がこんなに強い人でなかったら、優作は東京へ出て自分の能力を磨くことはできなかった。

この人がこんなに優しい人でなかったら、子どもや孫たちは戦中戦後の食糧難を乗り切ることはできなかった。

この人がこれほど辛抱強い人でなかったら、新しい野中家の家族の平和は保つことができなかった。

たくさんの思い出と感謝の思いが、知子たち皆の胸の中を駆け巡った。

読経が終わり、フデが火葬炉に入れられたのを見届けて、皆は葬儀場の庭に出た。

やがて、そこから見える高い煙突から薄い煙が真っすぐに空へ昇っていくのが見えた。

真っすぐに、ひたすら真っすぐに、煙は空を一直線に昇っていった。

それはフデの生き方そのもののように、迷いのない真っすぐな煙だった。

「おばあちゃんは、きっと鹿野へ帰っていったわね。あの美しいふるさとへ帰っていったのでしょうね」

みんなはそう話し合いながら、心の中で手を振ってフデの煙を見送った。

「母さん、漢陽寺で待ち焦がれている父さんの許へ、なるべく早く連れていくからね」

優作がポツリとそう言った。

知子はフデの苦難の道を思い、フデの優しさを懐かしく思い出した。

そして、きっとフデは星になって、杉作の星の隣で輝きはじめるに違いないと思った。

その二人の星に向けて、知子は小さな声で子守唄を歌った。

「ねむれ、ねむれ、母の胸に、ねむれ、ねむれ、母の手に、こころよき、歌声に、むすばずや、楽しい夢」

知子には、フデの星と杉作の星が並んで輝いている鹿野の空が、見えるような気がした。

遥かなるその星空の二つの星に、万感の思いを込めて子守唄を歌った。

完

あとがき

八十歳にもなって初めて、長文の小説というものを書きました。

書きたいと思ったことは、頑張りとおしだった父のこと、父の運命を変えた恩師日下部のこと、そして、父を信じて支え続けた祖母のことでした。

父は折に触れて、お世話になった恩師の話を私たちにして聞かせました。

私自身が教師になろうと決めたとき、父に「日下部先生にお会いしてみたい」と私は言いました。しかし残念ながら、戦後の先生の消息は知れないのだと言われました。

そのため先生のことも、遠くで暮らしていた祖母のことも、十分に描くことはできませんでした。

それでも、恩師と祖母と父のひたむきな愛のお陰で、幸せだった家族の記録というものにはなったのでしょうか。

拙い文章を選んでいただき出版していただいた文芸社様には、感謝のほかはありません。

企画部横山様、編集部宮田様はじめ、たくさんの方々に大変お世話になりました。本当にありがとうございました。

著者プロフィール

花木 暁子（はなき あきこ）

昭和 13 年 12 月 4 日生まれ
東京都出身、埼玉県在住
大阪学芸大学（現大阪教育大学）、小学二年課程修了
大阪で一年・東京で六年間、公立小学校教員
埼玉県警察本部少年補導員、定年まで十七年間
民生児童委員（熊谷）、三期六年
著書に『泣いてる子供たち』（新風舎出版賞、ノンフィクション部門優秀賞、1999 年 6 月出版）がある

星の子守唄

2020年 4 月15日　初版第 1 刷発行

著　者　花木 暁子
発行者　瓜谷 綱延
発行所　株式会社文芸社
〒160-0022　東京都新宿区新宿1－10－1
電話　03-5369-3060（代表）
03-5369-2299（販売）

印刷所　株式会社平河工業社

©Akiko Hanaki 2020 Printed in Japan
乱丁本・落丁本はお手数ですが小社販売部宛にお送りください。

送料小社負担にてお取り替えいたします。

本書の一部、あるいは全部を無断で複写・複製・転載・放映、データ配信することは、法律で認められた場合を除き、著作権の侵害となります。

ISBN978-4-286-21528-0